Über dieses Buch Arnold – einer jener erfolglosen, sozial gescheiterten und mit einer geradezu subtilen Leidensbereitschaft ausgestatteten: also typischen ›Helden‹ Boves – begeht einen Selbstmordversuch mittels Gas.

In seiner Agonie stellen sich Bilder einer zwar nicht glücklichen, aber immerhin abenteuerlichen Lebensgeschichte ein: die Errettung vor dem Tod durch die reiche Geliebte Jacqueline, ein plötzlich gegen ihn erhobener Mordvorwurf, Flucht, der vergebliche Versuch, sein verpfuschtes früheres Leben durch eine ›gute Tat‹ zu sühnen, schließlich Gefangennahme und Verurteilung zum Tode.

Am Ende wird Arnold tatsächlich gerettet – freilich nur, um zu der Einsicht gebracht zu werden, daß sein wirkliches Leben weitaus banaler und weniger spektakulär verlief. Doch bevor der Kreislauf seines mittelmäßigen Lebens erneut beginnen kann, stiehlt sich Arnold seinen Rettern davon – indem er einfach stirbt.

Der Autor Emmanuel Bove wurde 1898 in Paris geboren und starb dort 1945. Obwohl er zwischen 1924 und 1945 mehr als zwanzig Romane und zahlreiche Erzählungen geschrieben hat, geriet er nach dem Krieg auch in Frankreich fast völlig in Vergessenheit. Erst die Wiederveröffentlichung seiner wichtigsten Werke Ende der 70er Jahre führte zu einer Bove-Renaissance, die dank Peter Handkes Engagement auch im deutschsprachigen Raum überdurchschnittlich war.

Emmanuel Bove

Die letzte Nacht

Roman

Aus dem Französischen
von Thomas Laux

Fischer Taschenbuch Verlag

Ungekürzte Ausgabe
Veröffentlicht im Fischer Taschenbuch Verlag GmbH,
Frankfurt am Main, Januar 1990

Lizenzausgabe mit freundlicher Genehmigung
des S. Boettcher Verlags GmbH, Düsseldorf
Die französische Neuausgabe des 1933 erstmals publizierten Romans
›La Dernière Nuit‹
erschien 1987 bei Le Castor Astral
Für die deutsche Ausgabe:

Umschlaggestaltung: Buchholz / Hinsch / Hensinger
Umschlagabbildung: René Magritte ›La Clé des Songes‹, 1930

Gesamtherstellung: Clausen & Bosse, Leck
Printed in Germany
ISBN 3-596-29278-6

Es schlug vier.

Die Nacht brach schon herein. An diesem verregneten Novembernachmittag wurde sie sehnsüchtig erwartet. Sollte denn diese Nacht, die so war wie alle Nächte, nicht den trübseligen Tag vergessen machen, der gerade zu Ende ging? In den Fenstern des kleinen Hotels, das Arnold bewohnte, gingen nach und nach die Lichter an. Dieses Hotel auf einer belebten Straße von Montmartre hatte vor allem Musiker, Tänzerinnen und junge Leute als Mieter. Sie standen allmählich auf. Durch die dünnen Wände seines Zimmers hindurch hörte Arnold das Geräusch von Gegenständen, die weggerückt wurden, und Weckerläuten. Er hatte kein Licht angedreht. Nah am Fenster im rötlichen Lichtschimmer der Straße sitzend, schien er von einer tiefen Verzweiflung erfüllt. Aber lag in dieser gedankenverlorenen Haltung nicht auch etwas Theatralisches?

Mit einemmal fuhr er zusammen, als wäre ein Spiegel hinter seinem Rücken zerborsten. Seine Finger verkrampften sich, und seine Augen rissen merkwürdig auf. Er öffnete den Mund, allerdings nicht wie der Taucher, der sich seinen Vorrat an Luft einsaugt, sondern aus reiner Nervosität. Dann wurde er sich bewußt, daß dieses Loch inmitten seines Gesichts abstoßend wirken mußte. Seine Lippen schlossen sich wieder, und in die Gesichtszüge eines müden und ambitionierten jungen Mannes kehrte wieder Ruhe ein.

Seine Pupillen waren blau wie die eines Kindes, seine Hände knochig. Sein Atem ging ruhig. Einige Minuten verstrichen so, ohne daß sich auch nur ein Muskel seines Körpers bewegt hätte. ›Das ist zuviel... ich habe keine

Kraft mehr...‹, murmelte er schließlich. Er wußte nicht, was zuviel war, auch nicht, für welche Aufgabe ihm die Kraft fehlte. ›Ich leide... ich bin unglücklich‹, sagte er noch. Er gab sich den Worten hin. Plötzlich lächelte er. ›Bin ich denn so unglücklich, wie ich glaube?‹

Unbewußt bewegte er die rechte Hand. Erst durch diese Bewegung wurde er auf sie aufmerksam. Er sah sie sich an. ›Nein... das ist nicht möglich.‹ In einem Nachbarzimmer redete ein Mann, ohne eine Antwort zu bekommen. Arnold stand auf. Nach kurzem Zögern ging er auf die Tür zu, drehte den Lichtschalter.

Das Zimmer erschien daraufhin in einem dürftigen und selbstgefälligen Mobiliar. Als Bett diente ein Diwan. Die Papiertapete, golden und violett, zielte auf den »Zeitgeschmack«. Ein rosa Lampenschirm mit versilberten Holztroddeln umgab das Licht. Freilich war der Hotelbesitzer nicht so weit gegangen, die abgesprungene Zierleiste des Spiegels oberhalb des schwarzen Marmorkamins ersetzen zu lassen. Davor, auf dem Fußboden, wimmelte es nur so von halbgerauchten Zigaretten, Streichhölzern, leeren Schachteln und zusammengeknülltem Papier.

Unvermittelt drehte sich der junge Mann um die eigene Achse, so als hätte er befürchtet, von hinten geschlagen zu werden. ›Was für eine tolle Kehre!‹ stellte er mit Befriedigung fest. Er führte seine Hand zur Stirn, drückte seine Schläfen zwischen Daumen und Zeigefinger. ›Der Mut dazu wird mir immer fehlen‹, murmelte er; ›trotzdem muß es ein, es muß sein.‹ Er machte ein paar Schritte. ›Es ist genug... es ist genug...‹, sagte er noch, doch diesmal mit lauter Stimme. Er zog eine Zigarette aus der Tasche, zündete sie an. ›Die letzte Zigarette vor der Hinrichtung‹, sagte er, wobei er so tat, als scherze er.

Noch immer war der Lärm der Straße zu hören, und auf dem Etagenflur war ein ständiges Kommen und Gehen.

– Monsieur Jean! brüllte jemand von Zeit zu Zeit.

Gereizt drehte sich Arnold im Kreis, blieb mitunter stehen, um sich die Wände zu betrachten, die er wohl am liebsten eingerannt hätte. ›Mir wird schwindelig ...‹, dachte er. Er setzte sich, schlug die Beine übereinander und griff mit beiden Händen nach seinem Fuß. Er bog den Schuh so weit wie möglich um, so wie es die Schuhverkäufer tun, um den Kunden von der Geschmeidigkeit ihrer Ware zu überzeugen. Er kicherte. ›Was für ein Schund!‹ sagte er. Er fuhr von seinem Sitz hoch, aber seine Heftigkeit legte sich sofort wieder. Er wußte nicht, was tun. Sollte er sich auf sein Bett legen, das Fenster öffnen, sich das Gesicht erfrischen oder sich nochmal rasieren? Er wußte es nicht. Er war sich nicht einmal bewußt, gerade aufgestanden zu sein. So stand er da, in einem Zimmer, das zu klein für ihn war, die Augen zum Himmel oder, genauer gesagt, nach oben gerichtet. Seine Lippen bebten, als hätte er irgendein Gebet aufgesagt. Eine tiefe Betrübnis löste sich bei ihm. Man hätte sagen können, daß er sich aus Verzweiflung über seine Schwäche nun endlich darauf beschränkte, nur das zu sein, was er war.

Er setzte sich wieder hin. ›Letztlich wäre es das Gescheiteste.‹ Doch diese weise Feststellung brachte ihm keinen Frieden. Im Gegenteil. Eine Art Tobsuchtsanfall bemächtigte sich seiner. Er warf seine Zigarette im hohen Bogen weg, ohne auch nur im geringsten darauf zu achten, wo sie hinfiel, stieß mit einer solchen Wucht gegen einen Stuhl, daß dieser sich dreimal überschlug, und trat mit dem Fuß gegen die Wand. ›Ich werde noch verrückt ... ich werde noch verrückt‹, brüllte er wild gestikulierend. Papierbögen, Bücher, diverse Gegenstände bedeckten einen kleinen Tisch. ›Kein Tintenfaß drauf, um so besser.‹ Wütend zog er an der Tischdecke, als hätte er ein altes Tuch zerreißen wollen. ›Wo bin ich? Nirgends. Was tue ich?

Nichts.‹ Plötzlich biß er so wild in sein Handgelenk, daß das Blut sofort bis auf seine Backen spritzte. Danach erst entspannten sich seine Nerven. ›Shakespeare!‹ sagte er viermal hintereinander, wobei er mit der größten Gelassenheit seine blutüberströmte Hand betrachtete. ›Ich bin nicht Shakespeare.‹ Und es schüttelte ihn so heftig, daß er um ein Haar zu Boden gefallen wäre. Aus seiner Wunde rann weiter Blut. Er hielt seine Hand unter den Wasserhahn und betrachtete eine Minute lang gleichgültig, wie sich sein Blut mit dem Wasser vermengte. Schließlich wickelte er ein Taschentuch um sein Handgelenk. Auf seinen Gesichtszügen zeigte sich nun eine echte Entspannung. Mit seinen Augen suchte er nach der weggeworfenen Zigarette. Während seines Hin- und Hergehens hatte er sie zertreten. Er las sie auf und steckte sie sich erneut an. ›Die letzte vor der Hinrichtung‹, wiederholte er und brach in ein nervöses Lachen aus. ›Vor der Hinrichtung, vor der Hinrichtung... Ah! Ich weiß nicht mehr, was ich sage... ich bin unfähig, es zu wissen... Auf diesen Jungen können Sie Ihre ganzen Hoffnungen setzen... Ah! ah! Setzen... was denn setzen? Hoffnungen...‹

Eine Regenbö schlug gegen das Fenster. Auf der einen Seite der Fensterscheibe, die mit einem Fingerschnippen hätte zertrümmert werden können, war ein Unwetter, waren Menschenmassen und Straßenlichter; auf der anderen Seite war Arnold, und dazu die Stimmen auf dem Gang und dieser Geruch nach Küche, der aus dem Büro heraufkam, wo minderbemittelte Frauen dem Hotelbesitzersohn beim Erledigen seiner Schulaufgaben halfen.

Arnold setzte sich auf sein Bett. Der Krise von eben war eine tiefe Niedergeschlagenheit gefolgt. Er wollte weinen. Das hätte ihn erleichtert. Doch der Wunsch danach verhinderte es gerade. ›Also habe ich Angst davor zu sterben‹, murmelte er. ›Dabei wäre es so einfach. Ich würde einschlafen und, wer weiß, vielleicht glücklich wieder aufwachen... Und wenn ich nicht wieder aufwache, auch gut! Nichts wüßte ich darüber.‹

Diese schlichten Überlegungen machten aus unserem Helden einen anderen Menschen. Als ob er in ein Zimmer eingedrungen wäre, ohne daß sein Bewohner es bemerkt hätte, stand er vorsichtig auf und ging auf leisen Sohlen zum Kamin. Zwei- oder dreimal drehte er sich um, sich vergewissernd, daß niemand ihn beobachtete. Im Spiegelrahmen steckte eine Fotografie. Es war die einer jungen Frau. Sie hatte ein paar Worte darauf geschrieben: *Meinem lieben Arnold als Erinnerung an Raymonde.* Er nahm sie in seine Hände, etwa so wie der Schauspieler, der eine Reliquie an seine Lippen führen will, und betrachtete sie. Er glaubte sich zu erinnern, daß diese Frau ihn in den Jardin des Plantes begleitet hatte, daß sie ihm ein Rendezvous versprochen hatte, aber nicht gekommen war. An diesem Abend voller Einsamkeit tat es ihm gut, sich ihr zu widmen. Freilich hatte er Verwandte, Freunde, doch meinte er, mit den Menschen um so enger verbunden zu sein, wenn er für eine Fremde all jene vernachlässigen würde, die ihn hätten trösten können. Seit Jahren hatte sie für ihn stets nur dasselbe, dieses auf dem Bild reproduzierte Lächeln gehabt. Eine Sekunde lang hatte sie vor dem Fotografen posiert, und diese Sekunde war alles, was er von ihr besaß. Symbolisierte dieses Lächeln nicht die kurzen und kümmerlichen Freuden, die das Leben ihm gewährt hatte?

Und wie sorgfältig er diese Fotografie aufbewahrte! Er hatte sogar die Person, die sie darstellte, vergessen, und heute, an einem Wendepunkt seines Lebens, hielt er sie in seinen Händen. Für einen Moment dachte er daran, dieses Porträt zu zerreißen, das ihm seit drei Jahren vor allem dazu diente, den Zimmermädchen zu demonstrieren, daß ihm, selbst ihm, das große Glück schon gelacht hatte. Doch er tat nichts dergleichen. Arnolds Wutausbrüche gingen nie bis zum Unwiderruflichen. Er stellte die Fotografie an ihren Platz zurück und brach ohne erkennbaren Grund in ein Schluchzen aus.

Zwei lange Stunden vergingen, bevor Arnold sich wieder rührte. Und erst als er sich wie ein Schlafender rekelte, verließ ihn die Benommenheit, die nach den Tränen gekommen war. Er sah abgespannt aus. Er war sich seines körperlichen Verfalls und der Nachlässigkeit, die seine Person ausstrahlen mußte, bewußt. Die Nutzlosigkeit seiner Existenz erschien ihm nun deutlicher. Was hatte er auf dieser Welt verloren? Warum akzeptierte er es zu leiden? Für einen Kranken, der es nicht unterlassen hatte, Kinder in die Welt zu setzen, hätte er nicht mehr Abscheu empfinden können als für sich selbst. Was erwartete er also von der Zukunft, wenn er sein Leiden mit dieser Engelsgeduld hinnehmen konnte?

Obwohl seit einer kurzen Weile überall in der Stadt die Glocken läuteten, schaute Arnold auf seine Armbanduhr. ›Sechs Uhr vier‹, sagte er. Er verharrte gedankenlos. ›Sechs Uhr fünf.‹ Eine Minute war vergangen, eine Minute war nicht mehr da. Die Zeit verging. Sollte er darüber traurig werden oder sich freuen? ›Sechs Uhr sechs.‹

Plötzlich tat sich am Ende des verrauchten Zimmers ein Spalt auf, und durch eine erleuchtete schmale Öffnung hindurch erspähte er eine Landschaft wie im Traum: Blumen, ein blauer Himmel, und weiter entfernt, am Horizont, eine glühende Masse, die ihm wie das Zentrum des Universums vorkam. Mit ausgestreckten Armen machte er einen Schritt, dann zwei, in Richtung auf dieses Traumgebilde.

Doch eine Wand, nämlich die seines Zimmers, stoppte ihn auf der Stelle. Er legte die Hände auf seine Wangen, so wie Frauen es tun. ›Ich kann nicht mehr‹, stammelte er. ›Ich muß hier raus, sonst drehe ich durch.‹

Hinter der zugestellten Türe redete noch immer sein Nachbar, ohne eine Antwort zu bekommen. Arnold setzte seinen Hut auf, setzte ihn ab und dann wieder auf. Doch er verließ seine Wohnung nicht. ›Wozu sollte das gut sein? Ob ich jetzt hier oder woanders bin, ist doch dasselbe. Und außerdem wäre es besser, man machte sofort Schluß damit.‹

Vor unserer Beschreibung von Arnolds Zimmer haben wir darauf hingewiesen, daß hinter seinem falschen Luxus, der dazu bestimmt war, den sogenannten »Mietwert« erhöhen zu können, sein ursprünglicher Verwendungszweck doch durchschimmerte. Früher einmal war dieses Zimmer Teil einer Wohnung gewesen. Daher war es notwendig geworden, die Verbindungstüren zu beseitigen. Sie zuzumauern hätte zu große Kosten verursacht. Man stellte sie einfach zu. Dasselbe ökonomische Denken hatte die Erhaltung der Gasleitungen diktiert. Eine von ihnen führte an der Fußleiste des Zimmers entlang und mündete in einen Gashahn, der im selben Farbton wie die Holzverkleidung flüchtig weiß übertüncht war.

Schon vor längerer Zeit war Arnold auf diesen Hahn aufmerksam geworden, doch der Gedanke, ihn zu öffnen, war ihm nie gekommen. An diesem Abend ging er ihm durch den Kopf. Den Hut noch immer auf dem Kopf, näherte er sich dem Rauchabzug. In seinem Gesicht zeigte sich ein kindlicher Ausdruck der Neugierde. Er ging in die Hocke und versuchte den Hahn, der mit seinen beiden Flügeln an ein Insekt erinnerte, zu betätigen. Doch die darauf eingetrocknete Farbe hatte ihn gewissermaßen unbenutzbar gemacht. Mit Hilfe eines Taschentuches gelang es Arnold schließlich, ihn zu öffnen. Sogleich pfiff ein winziger Gasstrahl an seinen Ohren vorbei. Er lauschte mit ganz besonderer Aufmerksamkeit. Noch war keinerlei Geruch bemerkbar. ›Merkwürdig, daß ich an diese Möglichkeit nicht früher gedacht habe‹, sagte er laut. Er schloß den Hahn, öffnete ihn von neuem. Diesmal stieg ein leichter Geruch in seine Nase. Instinktiv wich er zurück. Der Geruch folgte ihm. Er stand auf. In einer Art Rauschen trat weiter Gas aus. Durch die Vorhänge hindurch bemerkte er Lichtreflexe auf den gegenüberliegenden Häusern. Was tun? Um Hilfe rufen, das Fenster öffnen, den Hahn zudrehen oder etwa geduldig und ohne Bewegung darauf warten, daß etwas Neues passierte?

Er drehte am Lichtschalter. In der plötzlichen Dunkelheit war es ihm eine Sekunde lang so, als ob alles ruhig wäre, als ob das Gas wie das Wasser einer ländlichen Klospülung versiegt wäre. Er machte ein paar tappende Schritte und ließ sich dann auf dem einzigen Sessel im Zimmer nieder. Seinen Hut hatte er immer noch auf. Seine Hände ruhten untätig auf seinen Schenkeln. Was würde als nächstes passieren? Seine Ohren vernahmen mit einemmal wieder das Zischeln des Gases. Mit einem Ruck stand er auf. Doch auf diese Anwandlung folgte nichts. Was würde sich denn ändern, wenn er den Hahn zudrehte? Entmutigt ließ er sich in den Sessel zurückfallen. Würde nicht jede weiter verstreichende Sekunde ihn an ein ganz außergewöhnliches Erlebnis heranbringen? In tiefen Zügen, die Augen geschlossen, atmete er die vergiftete Luft ein. Würde er gleich das Bewußtsein verlieren? Im Augenblick war er ruhig. Er hatte deutlich das Gefühl, daß noch nicht so viel Gas ausgeströmt war, als daß es schädlich gewesen wäre, daß er nur aufstehen und den Hahn zudrehen müßte, damit alles wieder in seine normale Ordnung kommen konnte. Dies zu tun, hob er sich für den geeigneten Moment auf.

Da das Zischeln des Gases nun genauso deutlich zu hören war wie das eines Heizkessels, erweckte es in ihm die Illusion, daß seine Sinne, statt abzustumpfen, schärfer würden. Hätte man ihn in diesem Moment gefragt, warum er sich töten wollte, so hätte er erstaunt zurückgegeben, daß er nicht die geringste Absicht habe zu sterben. ›Wollen Sie wissen, warum ich den Hahn aufgedreht habe?‹ hätte er weitergefragt. ›Nicht wahr? Das ist es doch, was Sie stutzig macht? Ganz einfach: Ich liebe den Nervenkitzel. Ich liebe es, mit dem Feuer zu spielen. Aber nur keine Angst. Bevor es wirklich schiefgeht, drehe ich den Hahn zu, und damit wäre alles gesagt.‹

In der Tat dachte er nicht an den Tod. Während das Gas den Raum erfüllte, beobachtete er sich. Von Zeit zu Zeit hob er die Hand, um sich zu vergewissern, ob er weiterhin die Gewalt über seine Gliedmaßen habe, oder er öffnete die Augen, glitt mit der Zunge über seine Lippen und drehte den Kopf. ›Im Moment‹, murmelte er, ›besteht keine Gefahr.‹

Einige Minuten vergingen, ohne daß es ihm notwendig schien, eine Bewegung zu machen. War er denn nicht im Vollbesitz seiner Kräfte? ›Mir kommt es vor‹, dachte er, ›als ob ich mich schon ein Weilchen nicht mehr gerührt hätte. Hoffentlich werde ich durch ein zu großes Vertrauen nicht unvorsichtig!‹ Er führte eine Hand zur Stirn. Gleichzeitig entfuhr ihm ein entsetztes Röcheln. Was war geschehen? Hatte er denn wirklich die Hand zur Stirn geführt, oder war sie, wie es ihm nun schien, träge auf seinem Bein liegengeblieben? Das Zischeln des Gases kam ihm vor wie das eines Zuges in der Nacht. Er bewegte sich fort. Aber nein, er blieb da, unbeweglich, kraftlos. Er wollte schreien: kein Ton kam über seine Lippen. Seine Stimme gehorchte ihm nicht, ebensowenig seine Glieder, und dennoch war er hellwach. Tausend Gedanken gingen ihm durch den Kopf. War er schon tot? Würde der Brechreiz, den er verspürte, ewig andauern? Zehn Erinnerungen folgten zehn anderen. Wie von wilder Panik erfaßt, wollten sie anscheinend diesem Körper, der sich zu sterben anschickte, entkommen. Im selben Moment sah sich Arnold an hundert Orten gleichzeitig. Überall war er zugegen, doch nirgends schien man Notiz von ihm nehmen zu wollen. Seine eigene Vergangenheit rollte vor seinen Augen ab: ohne ihn. Man hätte sagen können, daß es ihn schon nicht mehr gab. Er rief wahrhaftig nach seiner Mutter, allerdings nicht so, wie es angeblich die Sterbenden tun. Er rief nach ihr, damit wenigstens ein menschliches Wesen sich um ihn kümmerte. Niemand antwortete. Er machte sich nicht wirklich Sorgen darüber. Denn neben dem Todgeweihten gab es jemanden, der sich seine ganze Gelassenheit bewahrt hatte und dessen ganze Kraft einzig auf das Ziel gerichtet war: aufzustehen und das Fenster zu öffnen.

Die Hände fest in die Sessellehnen gekrallt, versuchte er sich zu rühren, während sein tristes und ernstes Gesicht der Unbeweglichkeit eines Porträts entsprach. Wer war eigentlich dieses Mädchen, das sich ununterbrochen bückte, um einen Gegenstand aufzuheben? Und dieser Beamte, der mit dem Zeigefinger gen Himmel wies? Der Lärm von der Straße erreichte ihn als ein entferntes Dröhnen. Einerlei, ob seine Augen nun offen oder geschlossen waren – vor ihm zogen dieselben merkwürdigen Gestalten vorbei. Und noch immer, als ob sein Blut in Kaskaden hinuntergeflossen wäre – das Sprudeln des Gases.

Trotz der Unordnung, die in seinem Geist herrschte, und des Nebels, der ihn einhüllte, hielt Arnold an dem einen Wunsch fest: das Fenster zu öffnen. Jede weitere Sekunde machte eine Erlösung schwieriger. Dennoch sank er gelöst hin. Seine Hände entspannten sich, sein Kopf fiel zurück, nur seine Augen blieben wach. Das war nur eine

List. Unversehens würde er wieder aufstehen, und der einmal überrumpelte Schmerz könnte seinem Plan gar nichts anhaben.

Hinter dieser scheinbaren Entspannung sammelte sich Arnold. So wie der zum Tode Verurteilte, der zum Ort der Hinrichtung geht und bei jedem Schritt auf die Gelegenheit zur Flucht lauert, war auch Arnold bereit, aufzuspringen. Er wartete ab. Jäh war es ihm, als sei der Moment gekommen. Sein Körper, einem gebieterischen Befehl gehorchend, zog sich zusammen, seine Arme streckten sich, seine Beine wurden steif wie Holz. Wie durch ein Wunder konnte er aufstehen. Nun war er sich bewußt, daß er stand. Er wollte einen Schritt machen. Es gelang ihm nicht. Mit letzter Anstrengung schaffte er es, das Gewicht seines Körpers auf ein einziges Bein zu verlagern, in der Hoffnung, daß das andere, somit entlastet, leichter seinem Willen gehorchen würde. Diese Berechnung erwies sich als glücklich. Das Bein ging nach vorne. Arnold frohlockte bereits. Aber es hatte keinen Halt. Er verlor daraufhin das Gleichgewicht und fiel nach vorne.

Merkwürdig: Dieser Sturz, der so lange dauerte, wie Stürze eben dauern, erschien ihm so lang, daß er vor dem Aufprall auf dem Boden das Gefühl hatte, sich acht- oder zehnmal im Raum um die eigene Achse gedreht zu haben.

Eine vollkommene Ruhe umgab ihn. Er hörte keine Geräusche von der Straße mehr, auch nicht das Zischeln des Gases. Er konnte nichts erkennen. Er hatte irgendwie das Gefühl, als wäre er über die Maßen gewachsen, als wäre er nun mindestens zwei Meter fünfzig groß. Der Wunsch, das Fenster zu öffnen war verflogen. Er sah dafür keine Notwendigkeit mehr. Da er von dieser Obsession befreit war, konnte er sein Schicksal mit mehr Optimismus betrachten. Er fühlte sich gut. Es schien ihm, als ob er niemals sehr unglücklich gewesen wäre, nichts Schreckliches an sich hätte, als ob sein Leben nur deshalb so elend verlaufen war, weil er es selbst so gewollt hatte. Doch selbst wenn er in diesem Moment die Kraft gehabt hätte aufzustehen, hätte er nichts dergleichen unternommen.

Hatte er denn nicht in seiner unmittelbaren Umgebung ein geliebtes Wesen, das über ihn wachte?

Diese junge und schöne Frau, die sich über sein Gesicht beugte, schaute sie ihn nicht liebevoll an, streifte sie ihn nicht mit ihren zarten beringten Händen, flüsterte sie ihm nicht zärtliche Dinge zu, die er zwar nicht hörte, die aber ganz sanft und ohne Worte in seine Seele eindrangen? War er nicht frei, war er nicht glücklich, wo er doch diesen, ach so geliebten Körper gegen sich drücken und ihn in der Armbeuge auf seiner Brust spüren konnte?

– Jacqueline, bist du's? fragte er leise.

– Beruhige dich, mein Liebster, beruhige dich. Ich bin da. Aber was hast du denn angestellt?

Arnold erwiderte nichts. Mit weit aufgerissenen Augen betrachtete er Jacqueline voller Liebe und Bewunderung. Wie schön sie war! Auf ihrem Haar trug sie ein winziges Häubchen, zu dessen Seite sich gerade ein Vogel gesetzt hatte. Ihre aschblonden Haare kräuselten sich über ihrer linken Schläfe, so leuchtend und seidig, daß es wie gemalt aussah! Wie ein Strahlenkranz umgaben ihre blau getönten und wie Stecknadeln aussehenden Wimpern ihre kugelrunden Augen. Ihr Hals war lang und schmal. An seinem Ansatz kündete eine Perlenkette von der Nervosität der Besucherin. In der Aufregung war sie verrutscht, und der Diamantenverschluß glitzerte in der Vertiefung der Kehle.

– Ich glaubte schon, Jacqueline, Sie würden nie kommen, sagte Arnold dankbar. Ich dachte, daß ich Ihnen vielleicht mißfallen hätte, daß ich Ihnen, ohne es zu wissen, Kummer bereitet hätte. Danke, Jacqueline, danke.

Sie ahnen gar nicht, wie groß mein Glück ist! Dabei wollte ich sterben! Wie sehr ich Sie um Verzeihung bitte! Ich glaubte – ja, ich glaubte es wirklich –, daß Sie auch eines dieser frivolen und oberflächlichen Wesen wären, die nicht ausmachen können, was das Herz eines Mannes an Edlem besitzt, selbst wenn dieser Mann sich einmal gemein benommen hat.

– Sie fiebern, Arnold. Ach! Wenn ich nicht verheiratet wäre, dann hätte ich schon vor langer Zeit nur auf meine Liebe gehört und wir beide wären nach Italien aufgebrochen, nach Griechenland. Oh! Glauben Sie mir, ich habe nicht vergessen, daß Sie meine künstlerische Ausbildung betreiben sollten.

– Venedig, murmelte Arnold, wobei er die Augen schloß.

Er sah sich auf einem Bett ausgestreckt, in einem Zimmer, das aufs Meer hinaus ging. Sie, die sich ebenfalls hingelegt hatte, hielt ihn in ihren entblößten Armen. Die Vorhänge waren zugezogen. Eine Zimmerlampe warf einen schwachen Lichtschatten auf die verstreuten Kleidungsstücke und auf den Marmor eines maurischen Tischchens, auf dem nichts lag. Draußen regnete es offenbar. Trotz der großen, schlecht schließenden Fenster war es im Zimmer angenehm warm. Einzig das leise Tick-Tack der Platinuhr an Jacquelines Handgelenk störte die Stille. Wie spät war es? Unwichtig. Erlebte Arnold nicht einen der schönsten Augenblicke seines Lebens? Welche Freude dieser Welt konnte mit der Umarmung dieser über alle Maßen schönen Frau verglichen werden? Er spürte, wie ihr Herz gegen seine Brust schlug. So wie er sonst zu sprechen aufhörte, wenn er gerade eine Liebesbezeugung erfuhr, genauso bewegte er sich nun nicht mehr, aus Angst, alleingelassen zu werden. Sie war zu ihm gekommen, sie, nach der er sich so gesehnt hatte. Sie drückte ihn in ihre Arme. Ihre Erregung ließ auf die ungeheure Liebe schließen, die sie für ihn hegte. Sie belauerte jede kleinste Bewegung seiner Lippen, jedes Zucken seiner Wimpern. Einen Spaltbreit öffnete er seinen Mund; treuer als ein Schatten tat sie es ihm nach. Er hob die Augen; sie hob die ihren.

Die Wirklichkeit war leider weniger romantisch. Arnold lag mit zerzaustem Haar, geöffnetem Kragen und halb aufgeknöpfter Weste auf dem Fußboden seines Zimmers. Von Zeit zu Zeit zuckte sein Körper zusammen, was wirklich furchterregend anzusehen war. Das Gas war bis in das Innere der Schränke vorgedrungen. Schon liefen die Lippen des jungen Mannes veilchenblau an; schon schwoll sein Gesicht an. Dennoch machte ihm das Atmen keine Schwierigkeiten. Als hätte sich die Seele befreit, war sie gleichgültig angesichts der Agonie des Körpers. Sie führte ein Eigenleben. Sie war sich bewußt, keine Gefahr einzugehen. Sie schwebte über dieser unglückseligen Szenerie wie etwas Fremdes.

Mit einemmal zitterte Arnold vor Angst. War dieses Sichgehenlassen, in dem er sich gefiel, nicht gerade das Vorspiel zum Tod?

– Jacqueline! Jacqueline! rief er mit der ganzen ihm verbleibenden Kraft. Öffnen Sie das Fenster, ich flehe Sie an, öffnen Sie das Fenster.

Er weigerte sich zu sterben. Hatte sich nicht soeben das leibhaftige Glück über sein Gesicht gebeugt? Sollte er wirklich auf Nimmerwiedersehen verschwinden, so hätte das Schicksal doch bestimmt nicht diese Grausamkeit entwickelt, ihn im letzten Moment zu bevorzugen. In seinem Delirium stellte er sich vor, teuflische Mächte hätten ihn zum Selbstmord getrieben, gerade als er sich anschickte, glücklich zu sein. Er schlug um sich, was lediglich dazu führte, daß er seine Glieder verrenkte. Alles um ihn herum verflüchtigte sich. Bei dem Versuch, die Bettpfosten zu ergreifen, bogen sich seine Fingernägel nach hinten. Plötzlich, als ob alles Leben aus seinem Körper gewichen wäre, sackte er zusammen. Er hatte dabei das deutliche Gefühl, daß die Tür zu seiner Wohnung aufgegangen wäre, daß ein klarer Luftzug über sein Gesicht glitte, daß er von Licht überflutet würde. ›Wo bin ich?‹ murmelte er. Im Zimmer war ein erregtes Gewimmel. Stimmen riefen um Hilfe. Darunter erkannte er auch die Jacquelines. Das überraschte ihn. Lag denn Jacqueline nicht direkt neben ihm? Er schloß sie in seine Arme, doch während die Frau, die er umarmte, stumm blieb, hallte die Stimme unentwegt weiter in seinen Ohren.

– Das ist ja schrecklich! Was hat er denn gemacht? Machen Sie Ihre Zigaretten aus.

Er hörte, wie Gegenstände hin- und hergeschoben wurden. Ein kalter Wind streichelte sein Antlitz und vertrieb den warmen Atem Jacquelines. Ihm war nach Schreien zumute. Gleichzeitig glaubte er, im Zimmer tausend und abertausend leuchtende Flecke umherwirbeln zu sehen. Langsam kreisten sie über ihm. Schließlich blieben sie alle zusammen gleichzeitig stehen. Dann fiel es ihm wie Schuppen von den Augen, daß er allein am Fußende seines Bettes ausgestreckt lag, unfähig, sich zu regen. Die Lichter von den Straßen tanzten auf den Wänden. Die mit Gas gesättigte Luft konnte nicht eingeatmet werden.

Er wollte gerade sterben, als Jacquelines Stimme erneut zu hören war.

– Sie haben eine Dummheit begangen, mein Liebster.

Er wollte antworten, doch seine Zunge, als wäre sie unter seinem Gaumen zerquetscht, war zu keiner Bewegung imstande. Er schlug die Augen auf. Von einer fernen Ebene her näherte sich eine Frau in Riesenschritten. In Sekundenschnelle erreichte sie die Ausmaße eines menschlichen Wesens. Es war Jacqueline. Sie kniete vor ihm nieder, legte ein Kissen unter seinen Kopf.

– Warum haben Sie das getan? fragte sie mit der allergrößten Sanftheit. Liebten Sie mich etwa nicht, oder zweifelten Sie an meinen Worten? Wie ich dem Himmel danke, daß ich noch rechtzeitig gekommen bin. Es wäre zu grausam gewesen, hätte ich Sie verloren, Sie, der einzige Mann, der es verstand, zu meinem Herzen zu sprechen.

Über Arnolds mitgenommenes Gesicht huschte ein Lächeln. Kam er ins Leben zurück? Er genoß diesen Augenblick wie der Kranke, der von der allgemeinen Erregung viel weniger berührt ist, als man annehmen sollte. Wie rein die Luft war auf dieser Ebene, auf der er lag! Er atmete sie in tiefen Zügen ein, und bei jedem Atemzug fühlte er sich stärker. Er stützte sich auf einen Ellbogen. ›Das Leben ist schön‹, dachte er. Dann ließ er sich wieder zurückfallen, doch nur, um Jacqueline ein wenig Angst einzujagen. Mit geschlossenen Augen tat er, als sei er tot. Wie angenehm es war, diese Frau, die er so lange vergeblich begehrt hatte, flehentlich bitten zu hören, er solle ihr zeigen, und sei's nur durch eine einzige Handbewegung oder einen einzigen Blick, daß er noch am Leben sei – und nichts dergleichen zu unternehmen.

– Arnold, Arnold? flehte sie, sagen Sie doch ein Wort, sprechen Sie zu mir. Ich liebe Sie.

Nach einem Moment des Zögerns entschloß er sich zu lächeln, traurig diesmal, um so zu verstehen zu geben, daß er, wenn er auch noch am Leben war, sich nichtsdestoweniger in großer Gefahr befand. Doch statt der Freude, die er durch diese Auferweckung auszulösen glaubte, blieb Stille.

– Jacqueline!

Keine Antwort.

– Jacqueline! Jacqueline!

Er stützte sich auf. Das Zimmer war leer. Ein monotones Zischeln kam ihm zu Ohren: das austretende Gas. So, als ob alles nur ein schlechter Traum gewesen wäre, wollte er aufstehen. Doch er fiel zurück, und dieses Mal gegen seinen Willen. Sein Kopf schlug auf das Parkett. Und im selben Moment hörte er wieder Jacquelines inständiges Flehen. Hatte sie etwa nicht bemerkt, daß er gelächelt hatte? Oder war er das Opfer einer Halluzination?

– Jacqueline, Jacqueline, rief er.

– Atmen Sie durch, Sie müssen durchatmen, befahl ihm die junge Frau. Die Fenster sind geöffnet. Ihre Übelkeit ist gleich vorbei. Seien Sie froh, daß ich etwas geahnt habe und noch rechtzeitig gekommen bin.

Aus Angst, sich nochmals zu vertun, wagte Arnold nicht zu gehorchen.

– So atmen Sie doch, teuerster Freund.

– Sie denken wirklich, ich kann es tun?

– Sie müssen es. Ihr Leben hängt davon ab.

Bei diesen Worten verflog das ganze Mißtrauen unseres Helden. Er öffnete seinen Mund, wölbte die Brust. Wie sehr ihn Jacqueline lieben mußte! Wie wohl er sich momentan fühlte! Ihm war, als würde er frisches Wasser einsaugen. Seine Muskeln entspannten sich. Der Schraubstock, der ihm die Schläfen zusammengedrückt hatte, lockerte sich. Er befahl seinen Händen, eine Bewegung zu machen – sie gehorchten.

– Stehen Sie auf, fuhr Jacqueline fort. Sie kommen jetzt mit mir. Sie brauchen Erholung und Ruhe. Hier ist es wirklich nicht gerade gemütlich. Sie sind nicht da, wo Sie hingehören. Ein junger Mann wie Sie sollte in einer anderen Umgebung leben. Also, reißen Sie sich nur noch einmal zusammen, Liebster, danach brauchen Sie sich nur noch pflegen zu lassen.

– Bin ich gerettet? fragte Arnold unsicher.

– Ja, aber Ihre Genesung wird lange dauern, mein Liebster. Sie müssen mir wie einer Mutter gehorchen, ja? Und daß Sie mir keine Unvorsichtigkeit mehr begehen, hören Sie – keine.

Befreit von der Sorge um sein Gleichgewicht, prüfte er die Umgebung. Fenster und Türen waren offen. Vom Flur her drang erregtes Stimmengewirr zu ihm. Ein Mann mit einem Köfferchen ging lächelnd an ihm vorbei. Zweifellos ein Arzt. Bevor er verschwand, wandte er sich an Arnold.

– Man kann sagen, Monsieur, daß Sie mit einem blauen Auge davongekommen sind.

Ganz allmählich kam Licht in das Dunkel seiner Gedanken. ›Ich habe Glück gehabt‹, dachte er. Das Zimmermädchen kam auf ihn zu. Da er augenscheinlich noch nicht wiederhergestellt war, bot es Jacqueline seine Dienste an. Nie zuvor hatten sich so viele Menschen zugleich für den armen jungen Mann interessiert. Diese allgemeine Fürsorge schien ihm von einer unvergleichlichen Rücksicht beseelt zu sein. All diesen Leuten wollte er vom Grunde seines Herzens danken, doch war er dazu noch nicht in der Lage.

– Reißen Sie sich nur ein klein wenig zusammen, Liebster, mein Wagen steht unten, sagte Jacqueline, die Arnold unvermindert zärtlich festhielt.

– Ihr Wagen? fragte dieser, da er befürchtete, falsch verstanden zu haben.

– Ich sehe schon, daß Sie noch nicht ganz wieder auf dem Posten sind. Beeilen wir uns.

– Ich würde trotzdem ganz gerne etwas Ordnung in meine Kleidung bringen.

– Das ist unnötig. Bleiben Sie, wie Sie sind. Kommen Sie, kommen Sie, ich bitte Sie inständig, kommen Sie.

Ein derartiges Beharren warf Arnolds Skrupel über den Haufen. Von Jacqueline gestützt, steuerte er auf die Eingangstür zu, ohne dabei auch nur einen Blick auf das Zimmer zurückzuwerfen, in dem er beinahe ein Jahr gelebt hatte. Auf der Treppe, beim Blick hinunter in die Leere, packte ihn ein Schwindel. Er schloß die Augen, ließ sich führen und beschränkte sich bei jedem Schritt mit der Frage: ›Kann ich?‹

Um ihn zu beruhigen, sagte Jacqueline von Zeit zu Zeit zu ihm: Noch eine Stufe, und wir sind da.

Vor dem Hotelbüro hob er endlich die Lider. Der Hotelbesitzer, der auf der Türschwelle stand, machte eine förmliche Verbeugung. Hinter ihm lächelten seine Frau, seine Tochter und ein paar Mieter unserem Helden wie einem Geretteten zu, grüßten daraufhin respektvoll Jacqueline, auf die sich, mit der Mütze in der Hand, ein Chauffeur zubewegte. Dieser wollte seiner Herrin dabei behilflich sein, Arnold zu stützen, doch sie schob ihn zurück.

– Nein, nein, lassen Sie mich das machen. Da muß man ganz behutsam vorgehen.

Sie selbst war es, die den jungen Mann in ihrem Wagen beförderte; daraufhin kehrte sie um und ließ auf diskrete Weise etwas Geld in die Hand des Hotelbesitzers gleiten. Kurze Zeit später fuhr das Automobil los.

Begleitet vom Geräusch des Motors, kam Arnold langsam wieder zu sich. Er ließ sich freilich nichts anmerken und tat so, als würde er nur mit Mühe Luft bekommen, wobei er die Augen geschlossen ließ.

Jacqueline neben ihm drückte seine Hände, streichelte sie, suchte auf seinem Gesicht nach der geringsten Regung. ›Wenn ich nicht den Mut gehabt hätte, dem Tod ins Auge zu sehen‹, dachte Arnold, ›wo wäre ich dann jetzt?‹ Er fand, daß das, was ihm geschah, etwas ganz Normales war. Da er das Notwendige getan hatte, um einer großen Liebe würdig zu sein, begriff er nicht, wieso er nun, da das Risiko doch vorbei war, nicht belohnt wurde. Er wollte endlich glücklich sein. Wollte endlich zeigen können, wozu er in der Lage war. ›Danke, danke‹, sagte er dem Wesen, das, wie er sich vorstellte, einzig über ihn wachte. Was konnte er mehr verlangen als das, was ihm gerade gewährt worden war? Jahrelang hatte er sich in der zwielichtigen Umgebung, in der er gelebt hatte, diese Traumfrau, die ihn nun heute so liebevoll betrachtete, vorgestellt. Wenn er noch keinem Menschen aufgefallen war, so gab es dafür eine Entschuldigung: jene hatte noch nicht die Güte gehabt, in Erscheinung zu treten. Jetzt war alles anders. Ein neues Leben begann. Er war nicht einer von denen, die nur nehmen und nie geben. Für Liebe und Luxus würde er sein ganzes Ich hergeben. Gott allein wußte von den Schätzen der Intelligenz, des Gefühls, der Güte, die in seiner Brust schlummerten und die einzig durch das Leben an ihrer Entfaltung gehindert worden waren.

Nach einer Viertelstunde Fahrt durch Paris, das hinter den Fensterscheiben des Wagens ebenso weit entfernt erschien wie die Landschaften hinter den Scheiben eines Zuges, öffnete der Chauffeur eine Wagentür. Jacqueline stieg als erste aus, bald gefolgt von Arnold, der, von der Nachlässigkeit seiner Kleidung einmal abgesehen, so aussah wie jeder andere junge Mann. Das Automobil parkte vor einer Veranda. Das herrschaftliche Aussehen des Hauses schüchterte den jungen Mann ein. Wie von Schwindel ergriffen, stützte er sich gegen eine Säule, um so die Haltung zu wahren. Die junge Frau unterbrach ihr Gespräch und eilte zu ihm.

– Was haben Sie denn, Liebster! Wie fühlen Sie sich?

– Ich weiß nicht.

– Kommen Sie, kommen Sie, Sie müssen sich hinlegen. Das geht vorbei. In ein paar Tagen sind Sie wieder vollkommen hergestellt.

– Nicht der Rede wert – nur ein Unwohlsein.

Wenig später ruhte Arnold sogar auf Jacquelines Bett. Ein leidender Ausdruck lag auf seinem Gesicht, wohingegen seine weit aufgerissenen Augen lebhaft die Umgebung prüften. Überall nur Seide, erlesene Möbelstücke und Pelze. Jacqueline hatte ein bezauberndes Negligé an. Unbeweglich saß sie am Kopfende und ließ ihn nicht aus den Augen, erlaubte sich lediglich, ab und zu ein Kissen geradezurichten.

Sollte dies nicht eher ein Alptraum sein, denn welcher Traum könnte quälender sein als der eines solchen Glücks? Aber nein: alles hatte die Kontur der Wirklichkeit. Welchen Gegenstand er auch immer unter die Lupe nahm, nicht eine Einzelheit blieb ihm verborgen. Porzellangegenstände und Gemälde, wie er sie noch nirgendwo zu Gesicht bekommen hatte, entzückten seine Augen. Ein Holzfeuer warf ein lebhaftes Lichtspiel in dieses Zimmer, in dem alles vertraut, sanft und mysteriös war und in das die Straßenluft und der Atem der Menschenmassen niemals eindringen durften. Er schloß die Augen. Ein nie gekanntes Wohlbehagen erfüllte ihn. Er spürte das Bedürfnis, sich zu entspannen, die Beine auszustrecken, die Arme weit auszubreiten.

Wie lange genoß er diese unbändige Freude? Als er die Augen öffnete, umgab ihn tiefe Dunkelheit. Er rief nach Jacqueline. Sie gab keine Antwort. Er sah zur Feuerstelle hin. Keine Flamme erwärmte seinen Blick. Da er annahm, in seinen Halbschlaf zurückgefallen zu sein, wandte er den Blick in die andere Richtung. Aber auch dort war nur undurchdringliche Dunkelheit. Dennoch wurde die Stille ab und zu von einem Automobil unterbrochen. Er setzte sich auf. Plötzlich stieß er einen kleinen

Schrei aus. Kalter Schweiß rann seine Schläfen hinab. Sein Mund wurde trocken. Schlagartig stieg ihm das Blut zu Kopf. Stirn und Wangen waren hingegen kalt wie Eis. Er hatte geglaubt, sein Hotelzimmer wiedererkannt zu haben. Er wollte aufstehen und Licht machen, aber eine Hand legte sich ihm auf die Stirn.

– Beruhigen Sie sich, Arnold, sagte Jacqueline. Sie haben leichtes Fieber. Sie müssen liegenbleiben. Wenn Sie auf mich hören, geht es Ihnen morgen früh schon besser.

– Aber sagen Sie mir doch, wo ich bin.

– Sie sind zu Hause, Liebster.

– Zu Hause, zu Hause, sind Sie sicher? Mein Gott... ich habe Angst... es ist schrecklich.

– Nein, Sie sind bei mir, in meinem Zimmer, aber das ist dasselbe.

– Machen Sie Licht... machen Sie Licht... ich kann nicht länger in der Dunkelheit sitzen.

Jacqueline gehorchte. Arnold erkannte das Zimmer wieder, das ihn soeben entzückt hatte, bevor er eingedämmert war. Das erleichterte ihn sehr. Er träumte also nicht. Dieses luxuriöse Leben, nach dem er sich so gesehnt hatte, sollte nun endlich beginnen.

– Wenn Sie wüßten, Jacqueline, wie glücklich ich bin, in Ihrer Nähe zu sein! Schon lange liebe ich Sie, und so lange schon wende ich mich Ihnen zu, wenn ich leide oder glücklich bin. Kommen Sie, Jacqueline, legen Sie sich zu mir. Ich möchte Sie in meine Arme nehmen, Sie umarmen. Ich möchte so nahe bei Ihnen sein, daß unser beider Körper zu einem einzigen verschmelzen.

– Morgen, Liebster. Heute wäre es nicht ratsam. Sie müssen sich einfach ausruhen. Ich denke da vor allem an Ihre Gesundheit.

– Legen Sie wenigstens Ihre Hand auf mein Herz. Wenn Sie wüßten... Er konnte nicht ausreden. Die Tür war aufgegangen und hatte den Blick freigegeben auf den Ehemann Jacquelines, Monsieur de Bourmont.

Er war ein ansehnlicher Mann um die Sechzig. Er besaß eine jener Körperkonstitutionen, deren Träger kein Fett ansetzen (was Arnold bewunderte) und im Laufe der Jahre ausdörren, statt an Gewicht zuzulegen. Er trug einen kleinen roten Oberlippenbart, hatte leuchtende Augen und zart geschwungene Nasenflügel. Eine unendliche Güte ging von ihm aus, allerdings auch eine Güte, die unglücklicherweise nichts an Entschlossenheit vermissen ließ. Zwei Männer waren ihm gefolgt. Sie hatten nicht diese aristokratische Eleganz, die man bei M. de Bourmont rühmen konnte. Breitschultrig, ihren Hut unbeholfen in der Hand haltend, sahen sie zugleich vulgär und sympathisch aus.

Der Meister zeigte für sie allerdings eine überraschende Aufmerksamkeit.

– Jacqueline, sagte er zu seiner Frau, die sich angesichts dieser Menschen gekränkt aufgerichtet hatte, entschuldigen Sie, wenn ich so in Ihr Zimmer eindringe, aber ich habe mit Ihnen zu reden. Obwohl wir in Scheidung leben, bin ich doch noch Ihr Mann, und in dieser Eigenschaft ist es meine Pflicht, ein Auge auf Sie zu haben. Oh, verzeihen Sie, die Fehler liegen nicht nur bei Ihnen; sie liegen auch bei mir. Ich hätte mir denken können, daß eine junge ungebundene Frau, mag sie auch noch so intelligent sein, nicht ständig allen sich ihr bietenden Versuchungen widerstehen kann, insbesondere, wenn ihr Gatte ein älteres Semester ist so wie ich.

– Was wollen Sie? Was sollen diese Leute hier? Gehen Sie... Gehen Sie... ich befehle es.

Jacqueline war nicht wiederzuerkennen. Schon als ihr Mann das Zimmer betreten hatte, war sie ganz aus der Fassung geraten. Aber daß er sich auch noch von zwei

Männern begleiten ließ, die sie noch nie in ihrem Leben gesehen hatte, war einfach unglaublich.

– Ich gehe nicht eher, als bis ich Ihnen wiederholt habe, was ich soeben erfahren habe.

– Ich verstehe nicht. Wovon reden Sie?

– Der Mann, den Sie gerade vor dem Ersticken errettet haben, der Mann, der dort auf Ihrem Bett liegt, Jacqueline, dieser Mann, dessentwegen ich leiden muß, dessentwegen Sie mich aufgeben, wissen Sie, wer er ist?

Jacqueline erblaßte.

– Mit welchem Recht fragen Sie mich das?

– Ich werde Ihnen verraten, wer er ist. Es ist ein Mörder und ein Erpresser zugleich.

Dieses Mal verlor Jacqueline doch etwas von ihrer Selbstsicherheit. In der Hoffnung, Arnold würde sich rechtfertigen, wandte sie sich ihm zu. Er tat nichts dergleichen. Seine Augen waren geschlossen, und er schien zu schlafen. Sie näherte sich dem Bett, und wie eine Mutter, die größere Rechte genießt als die zur Beratung hinzugezogenen Ärzte, trat sie dazwischen.

– Sie werden Arnold nicht ungestraft beschuldigen, schrie sie.

Von der ganzen Szene war ihm nichts entgangen. Zitternd vor Angst, zog er unmerklich die Bettdecke hoch. Er kam sich wie eine Zielscheibe vor. Doch das war völlig aus der Luft gegriffen. Er wurde so wenig beachtet wie der Angeklagte in einem Prozeß, der eine allgemeine Rechtsfrage aufwirft. Nicht einmal die Polizeiinspektoren geruhten ihn anzusehen.

– Sie haben mir viel Schmerzen bereitet, Jacqueline, fuhr M. de Bourmont gefühlsselig fort. Stets haben Sie meine Zuneigung zu Ihnen verkannt, und in meinem Beharren entdeckten Sie statt des ernsthaften Wunsches, Sie glücklich zu machen, nur irgendeine heimliche Feindseligkeit. Jedenfalls bin ich nicht mehr eifersüchtig, teure Freundin. Sie haben mir deutlich zu verstehen gegeben, welch vernichtendes Feuer mein Leben wäre, wenn ich mich darauf versteifte, noch der Ihre zu sein. Heute allerdings erachte ich es als meine Pflicht, meine Selbstliebe zu unterdrücken und zu versuchen, Ihnen begreiflich zu machen, welcher Gefahr Sie sich ausgeliefert haben. Ich bin zutiefst davon überzeugt, in Ihrem Interesse zu handeln. Diese Überzeugung ermächtigt mich, das Wort zurückzunehmen, das ich Ihnen gab, als ich sagte, ich würde mich nie in Ihr Gefühlsleben einmischen. Ihre Zukunft hängt davon ab, Ihr Glück.

– Ich weiß. Ihr spießbürgerlicher Geist weigert sich anzuerkennen, daß eine Frau einen glücklosen Jungen lieben kann, gab Jacqueline barsch zurück.

– Wenn es nur darum ginge, hätten diese Herren es nicht für angebracht gehalten, sich persönlich zu bemühen.

– Ich finde allmählich, daß dieser Spaß nun lange genug gedauert hat, Monsieur de Bourmont.

– Der Mann, der sich gerade jetzt hinter Ihnen versteckt, der Feigling, der es einer Frau überläßt, seine Verteidigung zu übernehmen, ist ein Mörder, hören Sie mich, Jacqueline.

– Das ist nicht möglich.

– Ich sage Ihnen nochmals: dieser Mann ist ein Mörder.

– Und ich, ich sage Ihnen nochmals: das ist nicht möglich.

– Seit drei Tagen ist ihm die Polizei auf den Fersen. Vor einer Stunde durchsuchten sie seine Wohnung. Zweifellos haben Sie der Justiz geholfen, indem Sie ihn vor dem Tod retteten, den er sich, um der gerechten Strafe zu entgehen, selbst zufügen wollte! Ich komme daher, Sie zu bitten, freiwillig das weiterzumachen, was Sie unfreiwillig begonnen haben, und diese Herren ihre Pflicht tun zu lassen.

Auf den ersten Blick mag mein Ansinnen Ihnen merkwürdig erscheinen. Bestimmt kommt es Ihnen so vor, als erfüllte ich diese Rolle des Delegationsleiters nur, um irgendeine Rachsucht zu befriedigen. Glauben Sie das nicht. Nur in Ihrem ureigensten Interesse habe ich so gehandelt. Als diese Herren vorhin zu mir kamen und sagten: ›Bei Ihnen befindet sich ein Mörder‹, da wußte ich sofort, was passiert war. Ich hatte bloß noch einen Gedanken, diktiert von der Liebe, die ich, trotz allem, unvermindert für Sie empfinde: Ihnen eine peinliche Szene zu ersparen. Ich habe – damit die Neuigkeit Sie nicht allzusehr aus der Fassung bringt – diese Herren flehentlich um die Erlaubnis gebeten, Sie auf alles vorbereiten zu dürfen. Sie waren einverstanden. So wie ich können Sie sich bei ihnen bedanken.

– Das ist ja schrecklich.

– Vielleicht ist Ihnen das für die Zukunft eine Lehre.

– Arnold soll ein Mörder sein!? Nein, nein, nein, das werde ich niemals glauben können.

Es kommt nicht selten vor, daß unser Schicksal von jemandem abhängt, in den wir stets unser volles Vertrauen gesetzt hatten. In diesen Gefahrenmomenten erwachen Zweifel in uns, denn wie groß auch immer Liebe und Freundschaft sein mögen, wir können niemals sicher sein, daß der eigene Vorteil nicht letztlich doch über diese Gefühle die Oberhand behält. Arnold sah Jacqueline entsetzt an, was er gar nicht zu verheimlichen suchte. Nun, da er endlich das Glück gefunden hatte, mußte seine Vergangenheit alles zunichte machen! Dabei lagen die Verfehlungen, die man ihm vorwarf, doch so weit zurück! Jacqueline mußte wissen, daß er ein anderer Mensch geworden war. Jacqueline mußte ihm all seine Fehler verzeihen. Warum also schien sie durch die Enthüllungen ihres Gatten so in Panik geraten?

– Jacqueline, flüsterte er leise, um nur von ihr verstanden zu werden.

Madame de Bourmont antwortete nicht, sondern durchbohrte Arnold statt dessen mit ihren Blicken.

– Stimmt das? fragte sie schließlich.

– Nein, nein, es stimmt nicht. Man will uns nur entzweien. Man ist neidisch auf das riesige Glück, das mich erwartet. Ich liebe Sie.

Arnold zurücklassend, der, durch seine Liebe hinweggetragen, unverständliche Worte stammelte, ging Jacqueline auf ihren Mann zu.

– Sie lügen, sagte sie ihm ins Gesicht. Ich glaube Ihnen nicht.

Trotz des Verhaltens, das seine Frau schon bald nach der Hochzeit an den Tag gelegt hatte, liebte M. de Bourmont sie noch immer. Noch bevor sie für Arnold entbrannt war, hatte er ihr zahlreiche andere Verfehlungen verziehen. Jedesmal war sie zu ihm zurückgekehrt, so groß war seine Geduld, seine Güte. Selbstliebe, Selbstgefälligkeit oder Überempfindlichkeit hatte niemals stärker als seine Gefühle sein können. Er wußte, daß sie ohne ihn diese Existenz einer ebenso glücklosen wie vergnügungssüchtigen Frau weitergeführt hätte. Er wußte, daß sie ohne ihn so tief gefallen wäre, wie man überhaupt nur fallen kann. Trotz der Widerstände seiner ganzen Familie, all seiner Freunde, hatte er sie zu seiner Frau gemacht. Daher widerstrebte es diesem Mann, der, was Geschäfte und Freundschaften betraf, das Böse zu ignorieren schien, auch nicht, Entschuldigungen noch für die schändlichsten Taten zu suchen, wenn es um Jacqueline ging. Es sah so aus, als ob die Verwerflichkeit nichts mehr bedeutete, wenn sie von der ausging, die er liebte. Wenn ein Mann so weit von einer Frau beherrscht wird, daß er um ihretwillen alles hinnimmt, Feindseligkeiten seiner Familie, den

Verlust seiner Freunde, dann ist es natürlich, daß er in einer vergleichbaren Situation wie der eben geschilderten die Partie nicht eher verloren gibt, als bis sie es auch hundertprozentig ist.

Er ging auf Jacqueline zu, betrachtete sie lange voller Inbrunst. Sie wandte den Blick nicht ab. Eher würde sie ihn belächeln, als diesen Liebesbeweis erwidern. Denn sie verabscheute diesen Mann, dessen Leben und Glück ihr gewidmet waren. Sie verabscheute ihn, wie der Angestellte, der es aufgrund seiner Arbeit zu einer gewissen Position gebracht hat, immer jenen verabscheuen wird, dem eine entsprechende Stellung direkt angeboten wird. Sie war eifersüchtig auf den Reichtum des M. de Bourmont. Sie verzieh ihm nicht, daß er daraus eine solche Macht herleitete. Häufig passierte es ihr, daß sie sich wünschte, er wäre ruiniert, um ihn klein zu sehen. Sein ungeheures Vermögen ließ sie gar nicht all die positiven Seiten ihres Mannes erkennen. Er blieb in ihren Augen der, den sie hatte heiraten müssen. Also betrog sie ihn mit jenem zehnfachen Vergnügen, das die Befriedigung der Rachsucht gebiert. In ihrer Gewißheit, geliebt zu werden, hatte sie alles unternommen, eine Geduld zu erschöpfen, die sie unerschöpflich wußte. M. de Bourmont wiederum, der um diese Kleinheiten genau wußte, liebte seine Frau deshalb nicht weniger als am ersten Tag. Der Hartnäckigkeit, mit der sie versuchte, ihn herabzusetzen und ihm alle guten Eigenschaften abzusprechen, setzte er eine übermenschliche Geduld entgegen. Mit der Zeit hatte diese unbeirrbare Nachsicht die junge Frau sogar in Erstaunen versetzen können. Aber da sie nun einmal nicht zugeben konnte, daß ihr Gatte über feinsinnige Gefühle verfügte, kam ihr ein so scheußlicher Verdacht, daß sie lange Zeit nicht wagte, ihn offen auszusprechen: M. de Bourmont toleriere ihren schlechten Lebenswandel nur, weil er hoffe, eines Tages in den intimen Kreis ihrer Liebschaften aufgenommen zu werden.

Unter dem Eindruck der Wut wurde dieser Verdacht zur Gewißheit. Außer sich vor Wut, platzte sie eines Tages damit heraus. Er gab keine Widerworte. Mit Güte versuchte er die, die er liebte, zu besänftigen und sie zur Vernunft zu bringen. Aber da er nichts zu seiner Verteidigung hervorgebracht hatte, behielt Jacqueline die Überzeugung, daß sie sich nicht getäuscht habe.

– Entschuldigen Sie, sagte M. de Bourmont, wenn ich mich in Dinge mische, die mich, wie Sie mir so reizend zu verstehen geben, nichts angehen, aber tatsächlich glaube ich dieses Mal, es tun zu müssen, auch wenn ich Sie deswegen verlieren sollte. Sie wissen nicht, was passiert ist. Sie sind meilenweit davon entfernt, etwas von der Niedertracht des Mannes zu ahnen, in den Sie Ihr ganzes Vertrauen gesetzt haben. Gestatten Sie mir, daß ich Sie davon in Kenntnis setze. Oh! Denken Sie bloß nicht, ich wollte einen persönlichen Vorteil aus dieser Aufdeckung ziehen. Sie haben niemals sonderlich viel auf die Liebenswürdigkeiten gegeben, die ich für Sie hatte. Dennoch gestatte ich mir, mich auf diese zu berufen, denn ich habe bislang ausschließlich in Ihrem Interesse gehandelt. Sie müssen wissen, Jacqueline, daß Sie trotz Ihres Schreiens, Ihrer Wutausbrüche, Ihrer Laster schwach sind und daß Sie nur mich zu Ihrer Verteidigung haben. Dieser Mann, den Sie auf so noble Weise verteidigen und der sich hier in Schutz nehmen läßt, hat es verstanden, noch andere Frauen außer Ihnen zu verführen. Die Ermittlungen der Polizei haben übrigens ergeben, daß er stets von den finanziellen Zuwendungen gelebt hat, die ihm seine Mätressen gaben. Pech für ihn, daß er allzu gierig war. Ihre Vorgängerin...

– Genug... genug..., schrie Jacqueline.

– Lassen Sie mich zu Ende reden. Ihre Vorgängerin war

die Frau eines unbescholtenen Beamten. Sie war nicht gerade reich. Um die Wünsche ihres Liebhabers befriedigen zu können, mußte sie ihre Freundinnen und ihre Eltern in Anspruch nehmen. Aber was sie auch tat, es reichte nicht. Wollen Sie wissen, wie dieses Individuum, das dort in Ihrem Bett liegt, darauf reagierte? Mit Erpressung. Er drohte der armen Frau, die Wahrheit aufzudecken. Sie verlor den Kopf und beichtete alles ihrem Mann. Nun, er war ein Mensch mit großem Herzen. Trotz seines Schmerzes entschloß er sich, ihre Verteidigung zu übernehmen, sie aus den Händen dieser schäbigen Person zu retten. Statt seiner Frau begab er sich zu einer Verabredung, die sie vereinbart hatte. Es kam zu einer unherhört gewaltsamen Szene zwischen den beiden Männern. Ihr Liebhaber, Arnold, soviel ich weiß, sprang blind vor Wut an die Kehle des Mannes, dessen Frau er zu lieben vorgab. Es kam zu einem Kampf. Der eine war jung, der andere alt. Der Alte war schon bald unterlegen. Er sackte zusammen. Die Wut des Angreifers verpuffte wohl daraufhin, denn er ließ von seiner Verbissenheit ab. Ohne sich auch nur um das weitere Schicksal seines Opfers zu kümmern, hielt er es für ratsamer, die Flucht zu ergreifen. Man schaffte den armen Beamten zu einer Apotheke. Alle Bemühungen, die man ihm angedeihen ließ, ihn ins Leben zurückzuholen, waren vergeblich. Er war erdrosselt worden. Und Sie lieben den Mörder dieses Mannes, Jacqueline! Nein, so offensichtlich es auch sein mag, ich kann es einfach nicht glauben.

Arnold hatte alles mitangehört. Er zitterte. Die Angst verlieh seinem Gesicht eine abstoßende Häßlichkeit. Sein Mund war verzerrt. Der Ausdruck eines Verurteilten, der zur Hinrichtung geleitet wird, entstellte ihn. Seine einzige Hoffnung lag in Jacqueline, und er fürchtete, daß sie ihn seinem tristen Schicksal überlassen könnte. Er dachte gar nicht daran, sich zu verteidigen oder zu rechtfertigen. Wie ein Höfling, dessen Leben in den Händen der Lieblingsmätresse des Königs liegt, überwachte er alle Gesten derjenigen, die ihn vor dem Tod bewahrt hatte.

Davon profitierend, daß M. de Bourmont erschöpft innegehalten hatte, griff er nach Jacquelines Händen.

– Sie wollen uns entzweien, murmelte er. Aber versprechen Sie mir, daß Sie mir treu bleiben, was immer die mir auch unterstellen wollen. Sie sind nur eifersüchtig auf unser Glück.

Wie Akteure, deren Stunde, die Bühne zu betreten, noch nicht gekommen war, unterhielten sich die beiden Polizeibeamten über kleine berufliche Rivalitäten und brachten insbesondere die Ungerechtigkeit zur Sprache, welcher sich der Chef ihrer Brigade schuldig gemacht hatte, als er einem ihrer Kollegen eine Beförderung zugesprochen hatte, nur weil dieser die Schwester eines Jugendfreundes des Polizeipräfekten geheiratet hatte.

– Ich liebe Sie, Arnold.

Diese Worte munterten unseren Helden auf, wenn auch nur ganz kurz. Würde Jacqueline, wenn sie die Wahrheit erführe, sich nicht mit Abscheu von ihm abwenden? Was hatte er denn schon Nobles, Großartiges vollbracht, um ein solches Glück zu verdienen? Mit welchen Argumenten würde er Madame de Bourmont von der Ernsthaftigkeit seiner Liebe überzeugen? Alles würde gegen ihn sprechen. Was konnten seine schönen Augen, die Wärme seiner Stimme, die Kraft seines Körpers ausrichten gegen Männer, die gewillt waren, ihn in die Enge zu treiben?

Jacqueline legte eine Hand auf die glühende Stirn des jungen Mannes, flüsterte mehrmals: ›Er hat Fieber...‹, und betrachtete dabei ihren Gatten vorwurfsvoll.

– Nein, sagte M. de Bourmont leise, ich bin nicht darauf aus, Ihnen Kummer zu bereiten. Dazu liebe ich Sie zu sehr. Aber ich muß Ihnen sagen, auch wenn es mir das Herz zerreißt, daß ich mich darüber hinwegsetzen werde, sollten Sie auf Ihrer Meinung beharren. Der Mann, den Sie so hartnäckig verteidigen, ich wiederhole es, ist ein Mörder.

– Ich weiß es, antwortete Jacqueline kurz und knapp, um so zu zeigen, daß diese Kenntnis keine Täuschung war.

– Und Sie lassen sich dazu herab, ihn zu verteidigen! Wahrhaftig; ich hätte nicht geglaubt, daß Sie so tief gesunken wären.

Mit einer Anstrengung, die die Adern seines Halses hervortreten ließ, hob Arnold in diesem Moment den Kopf und sagte in einem Atemzug zu seiner Beschützerin:

– Das geht ihn nichts an. Wenn jemand unter meinen Verfehlungen zu leiden hat, dann sind Sie es oder ich, aber nicht er. Da Sie mich nun einmal trotz allem lieben, hat er uns gefälligst in Ruhe zu lassen.

Diese Worte wurden mit einer Schlagfertigkeit ausgesprochen, die man bei einem Menschen, der noch eine Stunde zuvor versucht hatte, sich das Leben zu nehmen, nicht erwartet hätte. Im gleichen Tonfall fuhr er fort:

– Das Entscheidende ist, daß du mir verzeihst, Jacqueline. Und du verzeihst mir, ich weiß es.

M. de Bourmont fiel dem jungen Mann ins Wort.

– Es geht nicht darum, Jacqueline, ob Sie diesen Mord gelten lassen. Ihre Billigung ist keine Entschuldigung, um so weniger, als Sie die letzte sein dürften, die sich eine Meinung über ein solches Thema bilden könnte.

Es entstand ein Schweigen. Jacqueline antwortete nicht. Waren es nun die Worte ihres Mannes oder vielmehr die Arnolds, die sie so betroffen gemacht hatten? Ihr Gesicht war verklärt.

– Es stimmt also? fragte sie Arnold mit zittriger Stimme.

– Aber nein... aber nein..., stammelte dieser, der plötzlich begriff, daß er zuviel geredet hatte. Ich wollte damit sagen, daß, selbst wenn es so gewesen wäre, nichts zwischen uns anders sein dürfte.

– Sie haben getötet, Sie, in den ich mein ganzes Vertrauen gesetzt hatte? Sie waren imstande, so etwas zu tun? Und Sie haben es mir verheimlicht! Und obwohl Sie wußten, daß Sie ein Verbrecher sind, ließen Sie es zu, daß ich Sie liebte! Sind Sie sich über Ihre Schändlichkeit im klaren?

Arnold war am Boden zerstört. Was konnte er erwidern? In seiner Verzweiflung zog er eine scheußliche Grimasse. Wie viele Male schon hatte er geglaubt, daß ihm endlich das Glück lachen würde! Und dann glitt ihm wieder alles aus den Händen! So sollte es also immer sein! Auf ihm lag eine Art Fluch. Er durfte nicht glücklich sein. Selbst wenn es ihm durch eine Täuschung des Schicksals gelang – unverzüglich versetzte ein unsichtbarer Feind ihn wieder in den unseligen Rang, der ihm übertragen war.

Entfernte sich Jacqueline nicht bereits? Er hörte nicht mehr, was sie sagte. Gleichwohl redete sie... redete, redete... Dagegen: Kamen nicht schon die beiden Grobiane auf ihn zu, ohne auch nur den Mund aufzutun?

Arnold wollte aufstehen; sein Körper, der schwer war wie Blei, weigerte sich zu gehorchen. Er schaute sich um. Jacqueline war nur noch ein unbedeutendes und ferngerücktes Wesen, das eine Lektion aufzusagen schien. Er hörte, wie eine Sirene in der Nacht heulte, dazu Geschrei und Stimmengewirr aus dem Nebenzimmer. M. de Bourmont war unversehens in einen Sessel gesunken und schluchzte auf, übrigens sehr zu Arnolds Glück, denn die Polizisten machten kehrt und steuerten auf den Unglücklichen zu. Schrie in diesem Moment nicht jemand: ›Wir halten ihn fest‹? Woher kam diese Stimme? Unmöglich, dies festzustellen.

– Mein Gott, mein Gott, wie ich leide..., sagte M. de Bourmont tränenerstickt zwischen zwei Anfällen.

– Nehmen Sie dieses Glas Wasser.

– Nein... nein... ich will nichts... nichts... Jacqueline... Jacqueline...

Auf einem Diwan zusammengesunken, weinte auch sie. In ihrem Wunsch, sich nützlich zu machen, wußten die Polizisten nicht mehr, wo ihnen der Kopf stand. So merkwürdig das auch scheinen mag: Sie hatten den wahren Grund ihrer Anwesenheit an diesem Ort aus dem Auge verloren. Sie kümmerten sich nicht mehr um Arnold. Ihre einzige Sorge war, sich bei M. de Bourmont lieb Kind zu machen, seine Anerkennung zu gewinnen.

Aus Arnold, diesem Wrack, das zur Bewegung unfähig war, war auf einmal ein kräftiger Mann geworden. Dennoch verheimlichte er diese Veränderung. Vorsichtig glitt er aus dem Bett.

Wie es der Zufall so wollte, drehten ihm gerade alle den Rücken zu.

Auf Zehenspitzen näherte er sich der Tür. Sie stand halb offen. Mit einem Finger nur zog er sie weiter auf. Würde seine Flucht bemerkt werden?

Er ging einen engen Korridor entlang, der in regelmäßigen Abständen von Glühbirnen beleuchtet war. Vor ihm tauchte eine Treppe auf. Er ging hinunter. Die Eingangshalle lag im Erdgeschoß im Dunkeln. Er durchquerte sie in aller Ruhe, um nicht den Eindruck zu erwecken, er wolle sich aus dem Staube machen. Er war jedenfalls allein. Doch da er die Menschen nicht kannte, fürchtete er, aus irgendeinem Versteck heraus beobachtet zu werden.

Obwohl er sich zutiefst erleichtert fühlte, wagte er noch

nicht, eine zu große Freude zu zeigen. Befand er sich denn nicht in der Lage desjenigen, dem ein Freund eine gute Nachricht voraussagt, weil er dem Postboten zuvorgekommen ist. Auch wenn jede Sekunde ihm mehr Sicherheit gab, konnte es nicht trotzdem passieren, daß eine Hand sich plötzlich auf seine Schulter legte, daß eine Stimme nach ihm rief? Zum Glück ereignete sich nichts Unangenehmes. Die Zeit grub einen stetig breiter werdenden Graben zwischen seine Verfolger und ihn. Die Sirene heulte noch immer, und von allen Seiten vernahm er hektisches Getriebe. Doch wie inmitten eines Durcheinanders, für das man selbst nicht verantwortlich ist, verspürte er nur einen Zuwachs an Gelassenheit!

Die Tür war verschlossen. Das erstaunte ihn nicht im geringsten. Er ging zu einem Fenster, zog die Vorhänge auf, öffnete das Fenster, sprang in den Garten. Durch Bäume und Gestrüpp hindurch bemerkte er eine Reihe hellerleuchteter Autobusse. Er ging auf sie zu. Jäh stoppte ihn ein Gitter von mehreren Metern Höhe.

Einen Augenblick lang war er vor Entsetzen wie gelähmt. Sollte man ihn gerade in dem Moment wieder einfangen, in dem er die freie Luft einatmete, die durch die Gitterstäbe hindurchglitt und ihm in großen Strömen das Gesicht sanft streichelte? Ein Gedanke, der von einem Strafgefangenen hätte sein können, ging ihm durch den Kopf: Er würde sich durch die Tür davonmachen. Er ging an besagtem Gitter entlang bis zum Haupteingang. Dann läutete er von außen wie ein Besucher, indem er eine Hand durch die Gitterstäbe hindurchsteckte. Klopfenden Herzens wartete er ab. Da vernahm er ein leises Klicken. Die Tür war aufgegangen. Wiederum nur mit einem Finger zog er sie auf. Er war frei. Er durchquerte einen anderen, diesmal öffentlichen Garten. Je mehr er sich der beleuchteten Kreuzung, die er durch die Bäume hindurch erkennen konnte, näherte, desto größer wurde seine Freude. Wie jene, die in der Hoffnung auf ein Abenteuer die Abgeschiedenheit eines Wäldchens aufgesucht haben, war er froh, wieder unter Menschen zu kommen, nicht mehr isoliert zu sein, an dieser Menge teilzunehmen, in deren Mitte er mit Sicherheit Brüder hatte, Wesen, die ihm gleich waren. Sowie er in der Menge untergetaucht war, hatten seine Vergehen weniger Gewicht. Gott allein konnte in seiner Seele lesen. Aber Er, immerhin, Er las alles, das Gute wie das Böse.

An der Endstation warteten rechtschaffene Leute auf die Abfahrt eines Busses. Arnold mischte sich mit Wonne unter sie. Geduldig wartete er ab, ganz wie die Leute um ihn herum. Niemand kümmerte sich um ihn. Eine gemeinsame Erwartung verband ihn mit seiner Umgebung, die, das Klingeln zur Abfahrt zu hören. Doch mit einemmal beunruhigte ihn die Angst, erkannt zu werden. Er ging zur Seite, wobei er so tat, als suche er mit seinen Augen nach einer öffentlichen Uhr. Dann, als ob er gerade einen Entschluß gefaßt hätte, ging er schnurstracks davon, mit dem entschlossenen Schritt derer, die in ihrer Feinfühligkeit glauben, einen besonderen Grund vortäuschen zu müssen, wenn sie sich von den anderen entfernen wollen.

Eine Stunde lang spielte er für sich allein – denn niemand war ihm gefolgt – die Komödie des Schnell-nach-Hause-kommen-Müssens. Der Regen, der vorübergehend aufgehört hatte, fiel wieder heftig. Er hatte die Krempe seines Filzhutes niedergeschlagen, damit sich das Wasser dort nicht ansammelte und wie von einer Dachschräge hinunterlaufen konnte. Hin und wieder blieb er eine Sekunde lang stehen, um ein Erstickungsgefühl zu verjagen, das ihn in regelmäßigen Abständen bedrängte.

In dem körperlichen Elend, dem er ausgeliefert war,

überkam ihn allmählich Mutlosigkeit. Der Selbstmordversuch, Jacquelines Liebe, die Flucht – all dies hatte bislang das entsetzliche Verbrechen, das er begangen hatte, verdecken können. Er hatte sterben wollen, und er lebte. Eine wunderbare Intervention, die Jacquelines, hatte ihn gerettet. Doch wer war diese Frau? Wie konnte es geschehen, daß sie gerade in diesem Moment in sein Leben trat, in dem ihn nichts mehr freikaufen konnte? Er wußte es nicht. Alles um ihn herum entzog sich ihm. Er blieb allein zurück mit seinem Vergehen, mit seinem Schuldgefühl. Wenn man ihn in diesem Augenblick festgenommen hätte, was hätte er wohl zu seiner Rechtfertigung vorgebracht? Nichts. Seine Minuten waren gezählt.

Er blieb erneut stehen, diesmal jedoch nicht, um Atem zu schöpfen. ›Der Mensch ohne Familie, ohne Freunde, ohne Vermögen, was soll er denn auf dieser Erde?‹ dachte er. ›Wer wird es auf sich nehmen, ihn zu verteidigen? Ja, ich habe einen armen Beamten umgebracht, weil seine Frau mir kein Geld mehr geben wollte. Ich habe ihn getötet, weil er anständig, gut und nachsichtig war. Wir, seine Frau und ich, haben ihn betrogen. Immerhin hat er sich verteidigt und ist gestorben... Ein solcher Mensch bin ich also... Ich erpresse eine Frau... Der Ehemann übernimmt ihre Verteidigung... Und da das kein Hindernis ist... bringe ich ihn um. Ich wollte klug sein und träumte nur von Luxus und Reichtümern. Was verdiene ich – Bestrafung, Mitleid oder Liebe? Was bin ich auf dieser Erde? Oh, Jacqueline, warum hast du mich aufgegeben? Warum hast du nicht gespürt, was da an Reinem in der Tiefe meines Herzens ist? Niemand auf der Welt wird dich so lieben wie ich. Und du hattest Angst und wandtest dich ab von mir wie von einem Pestkranken. Wenn du mir doch nur gesagt hättest, was ich hätte tun sollen, um mich in deinen Augen loszukaufen! Doch nichts. Ich existiere für dich nicht mehr. Alles ist unwiderruflich vorbei. Auch die größte Offenheit, die tiefste Liebe werden dich nicht mehr überzeugen. Mir bleibt nur noch, dir diese Worte zu wiederholen, mögen es auch die allereinfältigsten sein: Wenn ich nur gewußt hätte... Ja, wenn ich nur gewußt hätte. Aber was soll auch dieser Blick zurück? Ich hatte ja keine Ahnung. Das ist mein Unglück, das ist die Wahrheit. Ich hielt mich für jemand Besonderes. In der Abgeschiedenheit meines Zimmers glaubte ich, daß Gott für mich eine besondere Zuneigung hege, daß Er von mir großartige Dinge zum Wohle der Welt erwarte. Ich glaubte, daß meine Jugend der einzige Grund für meine Unfähigkeit wäre. Ich wartete darauf, daß eine bestimmte Stunde schlagen würde. Nun ist alles aus. Ich habe einen wehrlosen Menschen umgebracht, und wenn meine Mitbrüder heute über mich urteilen müßten, so wären sie ohne Mitleid. Sie hätten leichtes Spiel, denn in meinem Leben gibt es nichts, das irgendein Erbarmen auf sich ziehen könnte. Alles, was wert ist, geliebt und bewundert zu werden an mir, all das hat noch nicht Zeit gehabt, sich zu entfalten. Wer glaubt schon an verborgene Tugenden, wenn keine Geste, kein Wort je vermocht hat, auch nur eine einzige aufzudecken? Ich wollte sterben, aber ich bin nicht tot. Wie könnte ich mir also auf diesen Willen etwas zugute halten? Man würde mir nicht glauben. Man würde mir vorwerfen, ein Simulant zu sein. Und dennoch: wenn ich gerade jetzt in dieser Straße bin, dann ist das gegen meinen Willen, dann ist das deinetwegen, Jacqueline. Um zu mir zu kommen, hast du den einzigen Moment abgewartet, in dem ich nicht bereit war, dich zu empfangen. Was bedeutet das nur?‹

Arnold setzte seinen Weg fort. Er hatte das Bedürfnis zu beichten. Er litt darunter, allein zu sein. Er litt darunter, ein Mörder zu sein. In dieser Stadt, in der er sich befand und der er, trotz allem, nicht mehr angehörte, gab es einen Ort, wo man ihn freundlich empfangen hätte.

Bald gelangte er in ein ärmeres Stadtviertel. Nachdem er in unzähligen verdreckten Gassen umhergeirrt war, blieb er vor einem von außen schlicht aussehenden Wohnhaus stehen. Ein paar Sekunden schien er zu zögern. Schließlich entschied er sich zu läuten.

Als er an der Concierge vorbeiging, murmelte er undeutlich einen Namen vor sich hin. Dann durchquerte er einen Hof, stieg eine dunkle und enge Treppe hinauf und blieb schließlich auf der vierten Etage stehen.

Seit drei Jahren hatte er seine Mutter wegen eines Geldstreits nicht mehr gesehen. Sie war eine arme, kranke Frau, die von der kleinen Rente lebte, die ihr das Rentenministerium zukommen ließ, da ihr Mann im Krieg gefallen war, sowie von den winzigen Gewinnen, die sie aus kleinen Näharbeiten zog. Sie dachte häufig an ihren Sohn. Er konnte sich noch so sehr in die Nesseln gesetzt haben, sie trug ihm nichts nach. In ihren Augen war er das Opfer seines schlechten Umgangs, aber im Grunde seines Herzens war er gut. Keinen Moment war sie ihm böse, daß er sich nicht mehr um sie gekümmert hatte, daß er nichts für sie getan hatte – sie, alt und krank, er, jung und wohlauf. Im Laufe der Zeit hatte sie vergessen, daß er wütend geworden war, als sie ihm Geld verweigert hatte, daß er ihr Egoismus vorgeworfen und sie angebrüllt hatte, sie brauchte doch nichts, da sie alt wäre.

Arnold fand seine Mutter beim Nähen vor. Als sie ihn sah, stieß sie einen kleinen Schrei aus, nahm ihre Brille ab und ging, sich an den Möbeln abstützend, mit kleinen zittrigen Schritten auf ihn zu. Ihr zerfurchtes Gesicht leuchtete. In ihrer ganzen Person drückte sich die übergroße Freude aus, die sie beim Wiedersehen ihres Kindes empfand.

Er war davon so bewegt, daß er stehenblieb und keine Worte fand. Zweifellos gibt es für einen Schuldigen keinen gefühlsseligeren Augenblick als den, in dem er auf einen Verwandten, einen Freund oder eine Frau, die niemals an sein Verschulden glauben wird, stößt. Diese alte Mutter, an die er seit Jahren nicht mehr gedacht hatte, die für ihn nichts weiter war als eine Fremde, für die er sich so schämte, daß er überall verkündete, er sei ein Waisenkind, diese Mutter wurde durch die besonderen Umstände wieder zu der, die ihn aufgezogen und ihm Schutz gegeben hatte. Er fand sie so vor, wie er sie zurückgelassen hatte. ›Wenn ich mich nicht mehr um dich kümmere‹, schien sie zu sagen, ›dann deshalb, weil du mir zu groß geworden bist.‹

Sie betrachtete ihn mit einer Bewunderung, in der Respekt lag, jener mütterliche Respekt für die Kinder, deren Väter ein ganzes Leben lang vorgeben, sie würden aus ihnen ganz besondere Menschen machen. Sie versuchte, diese versprochene Überlegenheit zu erspähen, und obwohl sie sie nicht ausfindig machen konnte, dachte sie, daß sie existieren müsse und daß sie, weil sie sich wohl hinter der Bescheidenheit verbarg, nur um so größer wäre. Dieser Mann vor ihr, das war also ihr Sohn, das war also der kleine Junge, den sie in ihren Armen gewiegt hatte, der kleine Junge, dem sie einst Vorhaltungen gemacht und Segenswünsche mitgegeben hatte. Nun war er seinen eigenen Weg gegangen, er stand mitten im Leben, und sie konnte ihm nicht einmal mehr ihre Gefühle zeigen. Dieses Wesen, das ein wenig sie selbst war, dergestalt, daß sie ihn gekleidet, genährt, gewaschen hatte, erschien ihr fern, mysteriös und fremd. Einen Schritt von ihm entfernt blieb sie stehen, und, bewegt darüber, ihn duzen zu können, sagte sie:

– Aber nun komm doch rein ... setz dich ...

Arnold ging einen Schritt vor. In dieser Nacht der Angst, der Verzweiflung, der Schuld, da tat es ihm gut, seine Mutter wiederzusehen, mit der Frau zu reden, deren Sohn er blieb, was immer er auch getan hätte. Ihn tröstete die Unmöglichkeit, daß es anders sein könnte. Sie war seine Mutter, er war ihr Sohn. Nun gibt es trotz allem Augenblicke, in denen die Tugend zum Anlaß der Überheblichkeit wird. Die Gestrauchelten, die schlimmsten Banditen machen da keine Ausnahme. Wie den braven Bürgern passiert es auch ihnen, daß sie sich über ihre Großherzigkeit auslassen, über ihren Mut. Gerade bei seiner Mutter hätte Arnold gerne eine reine Weste gehabt, was ihm ermöglicht hätte, auf sich selbst stolz zu sein. Aber er war nur ein Krimineller, von der Polizei verfolgt und nicht wert, irgendein Gefühl zu erwecken.

– Wie müde du aussiehst, Arnold! Wie kann man auch bei so einem Wetter auf die Straße gehen!

Wie sanft ihm das Leben seiner Mutter vorkam, dieses Leben, über das er sich lustig gemacht, das er verabscheut hatte! Es war warm bei ihr. Sie mußte nicht nachts in den Regen und den Wind hinaus. Während er sich im Kampf mit seinen Mitmenschen auf ewig zugrunde gerichtet hatte, arbeitete sie im Schein einer Lampe.

– Nun setz dich doch, Arnold. Ich mach dir einen Kaffee... wenn du willst... es sei denn, du möchtest lieber Tee.

Unser Held machte eine ablehnende Handbewegung. Dieses Angebot hatte ihn gerührt, doch von dem, was man ihm vorschlug, wollte er nichts, so groß war der Ekel vor sich selbst.

– Hör mal, Mama, ich muß mit dir reden.

Sie blieb stehen, sah ihren Sohn erstaunt an.

– Du mußt mit mir reden, mit mir, deiner alten Mutter?

– Ja, Mama.

– Aber so rede doch, mein Kind. Sag mir, was du auf dem Herzen hast.

Arnold zögerte einen Augenblick. Was würde geschehen, wenn er mit der Wahrheit herausrücken würde?

– Mama, stammelte er, ich habe Angst, daß du dich von mir abwendest, wenn du erfährst, was ich getan habe.

Sie zuckte zusammen. Sie witterte tausend Dinge, aber sie wäre unfähig gewesen, nur ein einziges genauer zu benennen. Daß es auch noch ihr eigenes Fleisch und Blut war, das sich da dermaßen im Unbekannten erging, bewirkte, daß sie, noch während sie ihrem Sohn zuhörte, dieselbe Abwehrgeste machte wie angesichts einer Krankheit.

– Ich will nichts davon hören, Arnold... Ich will nichts wissen. Ich bin nur eine arme, alte Frau. Laß mich in Ruhe, so wie du es immer getan hast. Ich bin auch so schon unglücklich genug.

Bei diesen Worten hatte sie sich der Tür genähert und sie geöffnet.

– Ich bin dein Sohn, erwiderte Arnold.

– Ich will nichts von dir hören, ich sag's dir noch einmal. Laß mich in Ruhe. Geh zu deinen Freunden zurück. Ich kann nichts für dich tun. Du weißt es genau. Warum kommst du zu mir?

Zeichen allergrößter Panik spiegelten sich auf ihrem Gesicht. Man hätte meinen können, daß sie, nachdem sie einmal den Verdacht gehabt hatte, ihr Sohn könnte ein Krimineller sein, darum bangte, in irgendeine zwielichtige Angelegenheit hineingezogen zu werden. Dennoch war nicht Kaltherzigkeit der Grund für ihre Angst, wegen Komplizenschaft angeklagt zu werden. Unbedeutend, wie sie war, hätte sie nicht gewußt, wie sie sich verteidigen sollte. Schon der Concierge im Haus war in ihren Augen ein ganz fürchterlicher Mensch. Wären Polizisten aufgrund ihrer Nachforschungen in ihre Wohnung gekommen, um sie auszufragen –, sie wäre vor Angst gestorben.

– Bist du denn nicht meine Mutter?

– Ich bitte dich, laß mich ... Geh weg ... Komm nicht wieder.

Plötzlich hob Arnold den Kopf. Er hatte Schritte aus dem Nebenzimmer gehört. Mit angehaltenem Atem lauschte er. War er in eine Falle gegangen? Wollte seine Mutter ihn retten, indem sie ihn anwies, zu gehen? Doch alles war wieder ruhig.

– Wer ist da? fragte Arnold.

– Niemand, antwortete sie gerade in dem Moment, als das Geräusch der Schritte wieder da war.

– Wie, niemand?

– Nein, nein, ich versichere dir, da ist niemand.

Statt daß diese merkwürdige Antwort Arnold in Wut gebracht hätte, erfüllte sie ihn nur mit Traurigkeit. Alle Menschen, bis hin zu seiner leibhaftigen Mutter, waren also gegen ihn verbündet und wünschten sein Verderben. Hatte er wirklich ein solches Los verdient? Ein unerwartetes Lächeln erhellte nun seine Züge. Wäre es nicht tröstlich, von der einzigen Person auf der Welt, die ihn hätte verteidigen müssen, der Polizei ausgeliefert zu werden? Er suchte ja nach einem Grund, leiden zu können, einem Grund, zu dem man stehen konnte. Hatte er ihn nicht gefunden? Unter den verwerflichsten aller Verbrecher sollte er das Opfer einer Rabenmutter sein. Zum ersten Mal seit seinem Selbstmordversuch konnte er Freude empfinden.

– Sag mir die Wahrheit, Mama. Hier ist doch jemand, jemand, der nur darauf wartet, daß ich eine Handbewegung mache, um sich enttarnen zu können. Aber das ist mir egal. Im Gegenteil: Wenn du wüßtest, wie gut du mir tust.

– Nein, hier ist niemand. Ich schwöre es dir.

Im selben Moment öffnete sich eine Tür, und ein seltsamer kleiner Mann erschien. Er trug einen Morgenrock, an dessen unterem Ende seine mageren und entblößten Beine herausguckten. Er hielt sich gekrümmt wie ein Alter. Sein kahler Schädel hatte eine gelbliche Färbung wie bei altem Elfenbein. Um den Hals trug er einen Schal. Er öffnete seinen Mund ein wenig, wie um etwas zu sagen. Zwei Zähne, lang wie Hakenstangen und ebenfalls von gelblicher Farbe, kamen zum Vorschein. Als er den jungen Mann erblickte, blieb er wie versteinert stehen. Dann stammelte er ein paar Worte, deren Sinn dunkel blieb.

– Das ist mein Sohn, sagte die arme Frau zu ihm.

Sogleich schien sich der kleine Mann von seinem Schrecken zu erholen.

– Ah!... ah! brummte er, sich Arnold zuwendend, ich bin erfreut, sehr erfreut, Sie kennenzulernen. Es ist schon lange her, daß Ihre Mutter Ihren Besuch ankündigte, so daß... daß... mir die Worte fehlen, entschuldigen Sie... Ich bin eine ziemlich merkwürdige Type, das können Sie nicht wissen, ich weiß, aber ich erlaube mir, Sie darauf hinzuweisen. Sie sind also der Sohn? Wie seltsam, oder vielmehr, wie sehr ich doch den Stolz Ihrer Mutter verstehe.

– Und wer sind Sie? fragte Arnold, der aufgrund der körperlichen Schwäche seines Gesprächspartners wieder beruhigt war.

– Ihr Stiefvater.

Im selben Moment wandte sich die arme Alte ihrem Sohn zu.

– Ich hätte dir gerne alles selber gesagt, aber ich kannte deine Adresse nicht. Überall habe ich nach dir gefragt, bei deinem Onkel Gustave, in der Fabrik, in der du vor drei Jahren gearbeitet hast, aber niemand wußte sie.

Während sie fürchtete, Arnold könne von diesem Umstand profitieren und ihr Enthüllungen über sein Leben machen, bangte sie gleichzeitig, daß er wütend werden könnte. Hatte er denn nicht stets mit der größten Liebe und Bewunderung von seinem Vater gesprochen? War er nicht gerade deshalb aus der Wohnung seiner Eltern ausgezogen, weil bei dessen Tod seine Mutter die Beziehungen mit dieser Familie wieder aufgenommen hatte, wo doch ihr Mann diese Familie verabscheut hatte?

– Du verzeihst mir doch, nicht wahr, Arnold?

Es tat weh, diese alte Frau zu sehen, die, wie man leicht erraten konnte, von ihrem Mann und dann von ihrem Sohn schlecht behandelt worden war, zu sehen, wie sie sich vor ihrem Sohn zu rechtfertigen suchte, der sie ohne das geringste Schuldgefühl sich selbst überlassen hatte.

– Du bist mir nicht böse? fragte sie noch.

Arnold war ihr nicht böse. Viel zu tief war der Abgrund, in den er gefallen war, als daß er daran hätte denken können, sich über ein so geringfügiges Ereignis zu erregen. Er trauerte nicht einmal der besonderen Rolle nach, die ihm seine Mutter verliehen hätte, wenn sie sich, wie er anfänglich geglaubt hatte, zur Munitionslieferantin der Polizei gemacht hätte. Gleichwohl konnte er den Wunsch nicht verhehlen, eine Enttäuschung zu zeigen, die er zwar nicht verspürte, die zu haben aber seine Mutter ihm das Recht einräumte. War es denn nicht ein kühler Empfang gewesen? Hatte sie seinem Leiden gegenüber nicht die kalte Schulter gezeigt? Er suchte nach einem Wort der Vergeltung. Da traf sein Blick den des kleinen Mannes. Dessen Augen waren so sanft, so nachgiebig, so voll des Respekts für seine Person, daß er sein Ansinnen vergaß.

– Ich war das Opfer, begann der kleine Mann, der in dem Glauben war, Arnolds Schweigen wäre durch Interesse, das er hervorriefe, ausgelöst – Opfer einer Ungerechtigkeit, die mein Leben zerstört hat. Verstehen Sie, was ich sage?

– Ja.

– Trotzdem möchte ich nochmals wiederholen, daß ich das Opfer einer Ungerechtigkeit war, die mein Leben zerstört hat. Hören Sie mir gut zu. Für einen jungen Mann gibt es nichts Nützlicheres als die Erfahrung eines Älteren.

– Aber wo ist Mama hin? fragte Arnold, als er bemerkte, daß seine Mutter verschwunden war.

– Ich weiß alles, bemerkte sein Gesprächspartner seelenruhig.

– Was? Sie wissen alles?

– Fühlen Sie sich von mir nicht gedrängt, Ihre Sohnesliebe zur Schau zu stellen. Ich bin weit herumgekommen. Ich habe genau hingesehen. Sie und Ihre Mutter gehören verschiedenen Welten an.

Diese in einem Ton komplizenhafter Vertrautheit gesprochenen Worte mißfielen Arnold.

– Was wollen Sie damit sagen?

– Ich bitte Sie ... reden Sie nicht so laut. Sie könnte Sie hören.

Einen Moment lang dachte Arnold daran, diesem Menschen seine Ausdrucksweise vorzuwerfen, aber die Erinnerung an sein Verbrechen brachte ihn sogleich wieder davon ab. ›Wozu das?‹ dachte er, ›wo ich ja doch verloren bin.‹

– Ich werde Ihnen alles erzählen, fuhr der kleine Mann fort.

– Warum? fragte Arnold, den diese Beharrlichkeit zu beunruhigen anfing.

– Warum? Sie fragen mich, warum? Aber weil Sie mitten im Leben stehen, weil Sie den Mächtigen dieser Welt begegnen. Oh! Ich weiß alles. Ihre Mutter hat mir Ihr Leben erzählt. Sie haben Freunde in hohen Positionen. Ein einziges Wort von Ihnen, nur ein Sterbenswörtchen, und ich würde Schadensersatz bekommen. Hören Sie mir gut zu. Bevor jemand mit der Geschichte eines entscheidenden Ereignisses beginnt, sollte ihn keine falsche Vorsicht davor zurückhalten, ein wenig von sich selbst zu erzählen, und sei es nur, um sich seinen Zuhörer geneigt zu machen. Doch lassen Sie mich zuvor festhalten, daß ich mich sehr über Ihren Besuch freue. Darum habe ich mich auch sehr davor gehütet zu schlafen, und eben, als ich durch diese Tür eine Männerstimme vernahm, da zweifelte ich nicht, daß Sie es wären.

– Aber was ist denn dieses besondere Ereignis? fragte Arnold, für den alles, was der Klarheit entbehrte, eine Falle war.

– Es ist mir eine große Freude, daß Sie darauf Wert legen, es zu erfahren. Da Sie mich nun einmal dazu ermutigen, werde ich es Ihnen erzählen. Heute abend habe ich wie jeden Abend gegen sechs Uhr meine Wohnung verlassen, um mir meine Milch zu holen. Als ich auf dem Rückweg durch eine kleine Straße voller Leute ging – eine dieser Straßen, in die ein junger Mann wie Sie sicherlich kaum einmal hingelangt – wurde ich mit solcher Wucht zur Seite gestoßen, daß meine Milch umkippte und ich um ein Haar selbst gefallen wäre. Im Stolpern klammerte ich mich an ein junges Mädchen. Doch statt einem alten Mann wie mir auf die Beine zu helfen, begann sie mich zu beschimpfen. Ein paar Schritte von mir entfernt lachten zwei junge Leute und machten sich über mich lustig. Sie waren es, die mich so brutal angestoßen hatten. Bleich vor Wut und mir meiner Schwachheit bewußt, ging ich auf sie zu. Sie lachten mich aus. ›Schämen Sie sich nicht‹, sagte ich zu Ihnen, ›dermaßen brutal auf einen wehrlosen Alten loszugehen?‹ Mit plötzlichem Ernst sahen sie einander an und taten, als würden sie aus allen Wolken fallen. ›Wir?‹ – ›Ja, Sie.‹ Ich war außer mir, um so mehr, als ich sie sehr wohl wiedererkannte. Der eine der beiden fuhr in unverschämter Weise fort: ›Ich verstehe nicht, wieso Sie sich an uns wenden. Wir sind schließlich nicht die einzigen auf der Straße.‹

– Sie waren es, die mich gestoßen haben, und Sie sind daran schuld, daß ich meine Milch fallen gelassen habe.‹ Schallendes Gelächter. Die Szene verursachte unverzüglich einen Menschenauflauf. So nahm ich mir die Gaffer um uns herum als Zeugen. Aber anscheinend muß es da irgend etwas Auffälliges, Unsympathisches an mir geben, das noch selbst die mit den besten Absichten daran hindert, sich auf meine Seite zu schlagen. Trotzdem besitzen all diese braven Leute, die offensichtlich aus dem Volk sind, einen ziemlich ausgeprägten Sinn für Gerechtigkeit. Sie sind stets die ersten, die sich gegen einen Mißstand erheben. Niemals versäumen sie es, gegen den Starken Partei für den Schwachen zu ergreifen. Demzufolge hätten sie eigentlich mich unseligen Alten, dessen einzige Nahrung gerade auf dem Boden verschüttet war, gegen diese Räuber verteidigen müssen, die da mit Zigarette im Mund und Händen in den Hosentaschen zu mir redeten. Genau das Gegenteil war der Fall. Eine anständige Frau mit einem Gesicht, das nur Ehrlichkeit ausstrahlte, und die ein sauberes, intelligentes und ordentlich gekleidetes Kind an der Hand hielt, wandte sich den Strolchen zu und machte grinsend etwa diese Bemerkung: ›Worüber beklagt er sich denn, dieser alte Geizkragen?‹ Ein Arbeiter, der ebenfalls dieser Szene beiwohnte, einer dieser zurückhaltenden und fingerfertigen Arbeiter, die sich nach getaner Arbeit umkleiden und bei eigenen Studien entspannen, fügte hinzu: ›Das wird ihm eine Lehre sein.‹ Was für eine Ausddrucksweise, nicht wahr? Wie vulgär doch die Leute in bestimmten Momenten sein können, finden Sie nicht? Sie werden einräumen, daß das außergewöhnlich ist und es an meiner Erscheinung wirklich etwas Abstoßendes geben muß, daß sich, obwohl ich diesbezüglich im Recht war, keiner finden ließ, der einem unscheinbaren, armen und bescheidenen Menschen wie mir Gerechtigkeit widerfahren lassen wollte. Wundern Sie sich bloß nicht über die Überfülle an Details, die ich Ihnen gebe. Wenn ich so lange auf diesem kleinen Zwischenfall insistiere, so deshalb, weil er bei aller gebotenen Verhältnismäßigkeit jenem ähnlich ist, der mein Leben zerstörte. Doch zurück zu meiner Geschichte, denn sie ist es, wie Sie gleich sehen werden, die mich Ihren Besuch vorausahnen ließ. Ich war also außer mir. Bösartig behandelt worden zu sein, meine einzige Nahrung für den Abend verloren zu haben, feststellen zu müssen, daß mein legitimes Wehklagen die Zuschauer nur gegen mich aufbrachte, all das hatte mich in gewisser Weise fast in Harnisch gebracht. Nicht nur angesichts meiner Angreifer, sondern auch aufgrund all dieser biederen Leute, die jene noch unterstützten, ließ ich mich in meiner Verbitterung gehen. ›Sie erröten nicht einmal dabei‹, rief ich den Umstehenden zu, ›einen alten Mann, der zu alt ist, sich zu wehren, dermaßen in die Enge zu treiben. An Ihrer Stelle würde ich mich zu Tode schämen. Oh! Das können Sie mir glauben, das wird Ihnen kein Glück bringen. Und wenn Sie heute auch nichts fürchten, so kommt der Tag, an dem Sie bedauern werden, was Sie gerade getan haben.‹ Selbstverständlich waren dies nur dahingesagte Worte. Aber was blieb mir denn sonst übrig? Meine Verfolger, die sich aus meinen Verfluchungen nichts machten, lachten in grausamer Weise weiter. Genau in diesem Moment ereignete sich der kleine Zwischenfall, den ich Ihnen unbedingt erzählen möchte. Ich redete also mit großen Gebärden und mit erhitztem Kopf, als ein großgewachsener, distinguierter und sehr elegant gekleideter Mann, ein Mann, der zweifelsohne zur besseren Gesellschaft gehörte, auf mich zukam und mit warmer, sanfter Stimme, ja mit einer Stimme, die sicherlich noch nie geschrien oder grobe Worte geäußert hat, zu mir sagte: ›Ich habe dieser ganzen Szene beigewohnt.‹ Bevor ich auch nur Zeit gehabt hätte, ihm zu antworten, wandte er sich an die Gruppe, die sich auf meine Kosten amüsierte. ›Was Sie da tun‹, sagte er im Ton eines Vorwurfs, der Eindruck machte, ›läßt Großherzigkeit vermissen. Wenn dieser Mann dadurch auch ein wenig lächerlich wirkt, daß er der Gerechtigkeit, die ihm zuteil werden soll, so viel Bedeutung beimißt, so ist es doch unbestreitbar, daß er im Recht ist. Vielleicht versteift er sich etwas zu sehr auf dieses Recht, aber Ihre Stärke, Ihre Jugend sollte Sie eigentlich nachsichtig stimmen.‹ Als er zu Ende war, legte er seine Hand auf meine Schulter und versuchte, mich zur Seite zu schieben, wobei er mich ein wenig wegschubste. Instinktiv widersetzte ich mich und gedachte, von diesem Schutz zu profitieren, um all diesen Taugenichtsen gehörig die Meinung zu sagen. Doch mit sanfter Entschlossenheit hinderte er mich daran. Nachdem wir einige Minuten zusammen gegangen waren, ließ er mich für einen Augenblick allein und kehrte mit einer Flasche Milch zurück. Als ich ihm überschwenglich dankte, gab er mir zur Antwort: ›Aber ich bitte Sie, das ist doch nicht nötig.‹ Nachdem er mich gefragt hatte, wo ich wohne, begleitete er mich zurück, und zwar nicht bis zur Haus-, sondern bis zur Wohnungstür, und all dies, hören Sie, ohne ein Wort zu sagen. Ich sehe ihn noch an meiner Seite, in dem Augenblick, als wir am Concierge vorbeigingen. Wie konnte ein Mann von dieser Stellung nur auf eine derart übelriechende und schlecht beleuchtete Treppe wie die in diesem Haus geraten? Verblüfft fragte ich mich das. So etwas Anomales mußte etwas bedeuten. Beim Anblick seines stolzen Profils, seines schönen schwarzen Schnurrbartes, seiner fein angelegten Ohren, wurde mir die Bedeutung mit einemmal klar. Eine dermaßen übernatürliche Erscheinung konnte nur die Ankündigung der Entschädigung sein, die mir zustand.

Der kleine Mann unterbrach sich. Die Erregung, die die Erinnerung an diese Intervention in seinem Kopf ausgelöst hatte, ließ ihn glauben, er würde noch immer sprechen. Daher vollführte er weiter seine Gesten, Zeichen, Grimassen, obwohl sein Mund schon seit ein paar Sekunden geschlossen war. Plötzlich fing er in einem geheimnisvollen Ton wieder an.

– Hören Sie den Regen?... Hören Sie das Geräusch der Regentropfen gegen die Scheiben? Seitdem er fort ist, hat es nicht aufgehört zu regnen. Denn das Wetter durfte gar nicht anders werden. Das ist sehr wichtig. Sie werden begreifen, warum. Ich habe meinerseits ständig an diesen mysteriösen Beschützer gedacht. Er besaß eine Würde, eine Einfachheit, die imponierte. Jeder Mensch, hören Sie, jeder Mensch auf Erden muß wissen, wann seine Stunde geschlagen hat, ich will sagen: jene Stunde, in der er für alles Böse, das ihm angetan worden ist, entschädigt wird. Wenn diese Stunde kommt, dann überstürzen sich die Ereignisse. Alles passiert zugleich. Er ist gekommen, Sie sind gekommen. Und der nächste Morgen wird die Gerechtigkeit in ihrem Glanz strahlen lassen. Denn ich habe viel gelitten. Sie sehen mich heute ärmlich und alt, lebend nur aufgrund der Güte Ihrer Mutter. Aber ich war nicht immer so. Ich bin zwar der Sohn abergläubischer Kleinbauern, aber ich bin nicht irgendwer. Ich habe mir in der Provinz einen kleinen Namen gemacht. Ah! Freilich ging ich nicht bei Persönlichkeiten ein und aus, wie man sie in Paris trifft. Dennoch war ich der Freund des Bürgermeisters, einer der drei Schloßbesitzer in der Gegend. Man bescheinigte mir große Intelligenz, und versäumte es nie, wenn sich zwischen zwei Freunden eine Meinungsverschiedenheit ergab, mich zu bitten, diese aus der Welt zu schaffen. Was daran am seltsamsten war, nun das war, daß diese Autorität mir lediglich aufgrund meiner inneren Werte zugekommen war. Ich war nicht gerade reich, obwohl meine Frau mich mit einer Mitgift bedacht hatte, mit der viele junge Leute heute sich zufriedengeben würden. Ich übte keinen Beruf aus, bei dem ich besondere Rücksichten verlangen konnte. Doch diese Art allgemeiner Sympathie, in deren Genuß ich gekommen war, brachte mir alsbald Eifersüchteleien ein. Hören Sie mir zu? Verstehen Sie mich? Ich war zu glücklich; das ist die Wahrheit. Glück, nicht wahr, Monsieur, ist etwas, das die Welt am wenigsten verzeiht. Ah! Wenn ich zum Beispiel ein Trinker gewesen wäre, dann hätte mir niemand etwas Böses gewünscht. Doch ich war enthaltsam. Können Sie mir folgen, Monsieur? Ich war enthaltsam, bieder, arbeitsam... arbeitsam... hm... hmm... Das sagt sich so. Wenn man anständig ist, ist man immer arbeitsam. Was mich am Leben fesselte, das waren die Geschichten der anderen, das war, Beurteilungen abzugeben, Meinungen zu bekunden... Man muß wissen, daß ich damals wesentlich redegewandter war als heute... Ich hatte ebenfalls die Gabe, die Wege derer zu durchkreuzen, die mir unsympathisch waren.

– Worauf wollen Sie hinaus? fragte Arnold mit einem düsteren Blick auf seinen Gesprächspartner.

– Worauf ich hinaus will?

Der junge Mann nickte mit dem Kopf.

– Sie haben wahrscheinlich nicht viel Zeit.

– Ich weiß nicht.

– Lassen Sie mich also fortfahren. Bisher ist alles, was ich Ihnen erzählt habe, nicht gerade aufregend. Sie müssen aber die Fortsetzung erfahren. Die Eifersucht, kurz: der Neid wurde zu meinem ständigen Begleiter. Man munkelte, ich sei hochnäsig, die Liebe zu meiner Frau sei eine Komödie, des Nachts würde ich mich an fremde Frauen heranmachen und dabei das Gesicht unter einer Karnevalsmaske verbergen. Unnötig, Ihnen zu sagen, daß ich auf diese ganzen Gemeinheiten mit einem sowohl würdevollen wie verächtlichen Schweigen antwortete. Das war mein Fehler. Aber was wollen Sie, ich hatte eben ein Ideal. Ich stellte mir die Welt als einen Garten vor, in dem nur Freundschaft, Gerechtigkeit und Güte blühten. Blühen ist das Wort. Die Blumen blühen, nicht wahr? Freundschaft, Gerechtigkeit und Güte nicht minder. Oh! Das alles ist aber nichts. Nach und nach stellte sich um mich herum Leere ein. Man spielte mir Streiche, man schickte mir Einladungen zu Festlichkeiten, die gar nicht stattfanden, Vorladungen zur Polizei, um mir zu bedeuten, daß ich auf das, was ich sagte, achtzugeben hätte. Genau zu dieser Zeit wurde meine Frau krank. Zwei Tage später starb sie. ›Sie haben sie getötet, Sie haben sie vergiftet.‹ Das waren die Worte, die man mir die folgenden Tage unaufhörlich wiederholte. ›Womit denn?‹ fragte ich. ›Mit Arsen‹, antwortete man mir. Die ganze Stadt hatte sich gegen mich verschworen. Ich wurde verhaftet.

– Sie wurden verhaftet, kam es beklommen aus Arnold heraus.

– Einen Mann wie mich verhaftet man nicht. Ich hatte ja trotz allem einflußreiche Beziehungen. Mein Schwiegervater war nicht nur ein Verwandter, sondern ein echter Mensch. Ich habe Ihnen noch gar nicht von ihm erzählt. Er war außergewöhnlich. Obwohl er einen Großteil seiner Jugend auf einem Bauernhof verbracht hat, hatte er es geschafft...

– Ja, ja, ich verstehe.

– Ich fahre also fort. Die Ungerechtigkeit ertrage ich nicht, Monsieur. Ich war das Opfer unzähliger Ungerechtigkeiten. Ich habe gelitten, ich wurde malträtiert. Niemand hat mich verstanden. Niemand hat mich geliebt. Nun gut, das ist vorbei, ich bin entschlossen, mir nichts mehr gefallen zu lassen. All die, die mich ins Unglück gestürzt haben, werde ich meinerseits ins Unglück stürzen. Das wäre ja wohl zu schön, nicht wahr? Die Leute umbringen, sie hinter Schloß und Riegel bringen, und dann, in aller Ruhe, mit einer Zigarette zwischen den Lippen über den großen Platz der Stadt bummeln. Aber das ist vorbei. Er ist gekommen. Er hat mir gesagt, daß meine Stunde geschlagen hat. Seine Stimme liegt mir noch immer in den Ohren. Er hatte ein stolzes Gesicht, so wie es Könige haben. Und sein Blick, hören Sie mir gut zu, sein Blick ging durch die Dinge hindurch.

Ganz außer Atem hielt der kleine Mann inne. Seine Stirn war schweißbedeckt. Schon seit einer Weile hatte er Mühe, die Worte zu bilden. Sein Körper war zusammengesackt, und seine Hände auf dem Tisch bewegten sich nur noch langsam.

Genau in diesem Augenblick erschien wieder Arnolds Mutter.

– Ich habe alles gehört, sagte sie vehement zu ihrem Mann. Offensichtlich war sie von einer heftigen Erregung ergriffen, was bei einer Person, die eben aus der Zurückgezogenheit wiederkehrte, gewiß überraschte.

– Wie kommst du eigentlich darauf, dein Leben zu erzählen? fuhr sie fort. Kapierst du eigentlich nie, daß du dir nur selber schadest? Hast du vielleicht noch nicht genug Scherereien! Du mußt dir noch ein paar neue besorgen.

Gib gefälligst eine Antwort, statt mich mit großen Augen anzustarren.

Die Wahrheit war, daß die arme Frau, die sich geweigert hatte, ihrem Sohn zuzuhören, fürchtete, daß dieser die soeben erfahrenen Vertraulichkeiten ausnutzen könnte, die alten Leute zu seinen Komplizen zu machen. Wenn man sich aber beharrlich weigerte, ihn verstehen zu wollen, konnte er unter Umständen zur Erpressung greifen.

Doch ihr Mann, der nicht auf dem laufenden war, gab zur Antwort:

– Durfte ich etwa Ihrem Sohn nicht alles sagen, wo er doch zu uns gehört? Allerdings erinnert mich Ihre Anwesenheit daran, daß ich in der Glut meiner Entrüstung die wirklichen Gründe dieser Beichte aus den Augen verloren habe.

Der kleine Mann holte erneut Atem und fuhr, sich Arnold zuwendend, fort:

– Sie sind jung, nicht wahr, Monsieur? Sie haben einflußreiche Freunde. Oh! Bloß keine Angst. Ich werde Sie nicht um Geld bitten. Was ich nur gern hätte, nicht wahr, das wäre, daß Sie kämen, wenn ich vor Gericht erscheinen muß, und zu meinen Gunsten aussagten, daß Sie genau über unser Gespräch von eben berichteten und daß Sie schließlich Ihren ganzen Einfluß geltend machten, der, wie ich weiß, sehr groß ist, so daß die Motive der Tat, die ich begangen habe, deutlich zu Tage treten.

Trotz seiner abweisenden Miene entging Arnold kein Wort seines Gesprächspartners. War letzterer übergeschnappt? Er wußte es nicht. Noch immer bibberte er vor Angst. Da er selbst auch eines Vergehens schuldig war, fürchtete er, daß die Polizei, würde sie plötzlich in die Wohnung eindringen, um seinen Stiefvater festzunehmen, mit ihm dann gleich zwei Fliegen mit einer Klappe schlagen würde.

Plötzlich sah der arme Irre Arnold in die Augen, ergriff dessen Hände und sagte, nicht ohne sich zuvor versichert zu haben, daß seine Frau wieder gegangen war, in einem emphatischen Ton:

– Ich bin, verstehen Sie mich richtig, ich bin der Letzte der Menschen. Viele sind gesellschaftlich noch tiefer gefallen als ich, aber niemand, verstehen Sie, hat eine so häßliche Seele und ist sich gleichzeitig so sehr dessen bewußt. Ich bin egoistisch, heuchlerisch, berechnend und argwöhnisch. Ich weiß es. Manchmal, wenn ich in einen Anfall von Verzweiflung versinke, höre ich mich sagen, daß ich meine Fehler übertreibe. Doch ich weiß, daß diese tröstlichen Worte in Wahrheit nur vom Egoismus diktiert sind. Diese wollen mich umgänglicher machen. Was bin ich also auf dieser Erde? Wo liegt mein Nutzen? Ab und zu geht mir der Gedanke durch den Kopf, meinem Leben ein Ende zu setzen. Doch ist mein Leben nicht schon vorbei? Wäre es nicht besser, sofort damit Schluß zu machen? Wer weiß denn schon, ob ich nicht, wenn ich einmal tot bin, im Körper irgendeines privilegierten Kindes wiedergeboren werde, und ob ich dann nicht ein langes und glückliches Leben vor mir hätte? Warum sollte ich unter diesen Bedingungen weiterhin an diesem Wrack von einem Körper hängen?

Arnold hatte dieser Tirade nicht zugehört. Starr vor sich hinschauend, den Körper gerade aufgerichtet, hatte er nur an sich selbst gedacht. War er denn nicht auch ein Wesen ohne Größe, ohne Ausstrahlung? War sein Leben nicht wie das des kleinen Mannes definitiv verpfuscht? Dieser hatte wenigstens einen Trost in dem Gedanken, daß er sich unschuldig im Elend befand. Konnte er die Schuld nicht den anderen zuschieben, im Gegensatz zu ihm, Arnold – denn wem außer sich selbst konnte er die Schuld geben? So lamentierte er eine kurze Weile über sein

Schicksal. Dann schien es ihm plötzlich, als sei auch er ein Opfer seiner Umwelt. Ohne die Boshaftigkeit der Menschen und diesen Überlebenskampf, in dem er sich behaupten mußte, ohne diese Masse, die ihn erdrückt und in ihm alles Edelmütige zum Absterben gebracht hatte, hätte er dann getan, was er getan hatte? Für seine Fehler waren einzig und allein die Menschen verantwortlich. Wären sie nicht gewesen, was hätte er anderes sein können als ein braver und anständiger Junge?

Ein Schluchzen zog seine Kehle zusammen. Eine unwiderstehliche Lust packte ihn, alles zu beichten, sich gehen zu lassen, seinen Schmerz hinauszuschreien. Doch würde dieser Verrückte, den er bloß noch in einem entfernten Nebel wahrnahm und der ganz mit sich selbst beschäftigt schien, mit seinen angeblichen Ungerechtigkeiten, unter denen er gelitten haben wollte, und mit seiner ruinierten Gesundheit, würde er ihm zuhören? Hatte sich nicht schon seine leibhaftige Mutter von ihm abgewandt? Konnte ein Fremder mehr Mitleid für ihn haben, als die, die ihm das Leben geschenkt hatte? Nein, das war nicht möglich. Und dennoch: Besitzt das Leiden nicht jene kostbare Eigenschaft, die aus zwei Wesen, die sich vorher nicht kannten, Freunde macht?

– Sie, sagte Arnold überschwenglich, Sie sind unglücklich, Ihr ganzes Leben waren Sie das Opfer von Ungerechtigkeiten. Heute sind Sie aufgrund des Leids, das man Ihnen angetan hat, arm, krank und verängstigt. Hören Sie mir zu ... hören Sie mir mit Ihrem Herzen zu. Sie werden mich verstehen. Ach! Wenn Sie wüßten, wie gut Sie mir getan haben, als Sie zu mir sprachen. Für einen Menschen wie mich gibt es keinen größeren Trost als eine Verzweiflung wie die Ihre. Ich könnte Ihnen Stunden und Stunden zuhören, wie Sie über Gerechtigkeit, Güte und Freundschaft reden. Wie nah wir uns wären! Auch ich will reden. Als ich Sie reden hörte, fühlte ich mich weniger allein, und auch Sie werden sich weniger allein fühlen, wenn Sie mich anhören.

Arnold hielt erschöpft inne. Die Petroleumlampe, die das Zimmer beleuchtete, hellte auf. Die beiden Männer saßen sich, von einem Tisch getrennt, gegenüber. Von Zeit zu Zeit berührten sich ihre Hände, wie bei einem Pärchen, bei dem der Mann es nicht wagt, sich zu der Frau auf die Bank zu setzen. Das Mobiliar war groß und dunkel. Der kleine Mann seufzte. Liebevoll beugte Arnold sich zu ihm hin. Doch plötzlich fuhr er hoch und drückte seinen Stuhl mit dem Fuß weg. Er lief zur Schlafzimmertür.

– Mama... Mama..., schrie er.

Es kam keine Antwort. Er versuchte die Tür zu öffnen. Sie war abgeschlossen.

– Wo bin ich? stammelte er.

– Aber Sie sind bei Ihrem Stiefvater.

– Meinem Stiefvater... meinem Stiefvater... Ich habe also einen Stiefvater?

Er setzte sich wieder hin, ohne daß eine Antwort auf die Frage, die er sich soeben selbst gestellt hatte, über seine Lippen gekommen wäre.

– Monsieur, sagte er unerwartet ruhig, Sie müssen alles erfahren. Der Mensch, den Sie vor sich haben, dieser Mensch ist ebenfalls ein Opfer seiner Umwelt.

– Ich verstehe nicht, bemerkte der Stiefvater mit einem Erstaunen, an dem man die Unzufriedenheit dessen ablesen konnte, der eines seiner Privilegien schwinden sieht.

Arnold fuhr, ungeachtet der Kälte, die seiner leidenschaftlichen Erregung entgegenschlug, fort:

– Ich bin sicher, Sie werden mich bemitleiden, denn ich glaube nicht, daß es ein tragischeres Schicksal geben kann als das meine. Ich werde Ihnen alles erzählen. Seien Sie nur so aufgeschlossen wie möglich. Ich vertraue Ihnen, auch wenn ich Sie nicht kenne. Sorgen Sie dafür, daß ich es nicht zu bereuen habe. Mein erster großer Fehler bestand darin, an mich selbst zu glauben. Sie können sich das Chaos meiner Jugend gar nicht vorstellen. Ich bildete mir ein, aufgerufen zu sein, das Universum auf den Kopf zu stellen. Doch das Schlimmste ist, daß ich in für mich schrecklichen und erdrückenden Umständen einen Menschen getötet habe. Die einzige Entschuldigung für meine Tat ist die Dummheit. Das ist nicht gerade viel, nicht wahr?

Arnold hatte keine Zeit, fortzufahren. Der kleine Mann war abrupt aufgestanden. Entsetzen, das ihm das Verbrechen unseres Helden eingeflößt hatte, entstellte ihn.

– Wie! Sie wagen es, mir so etwas zu erzählen... Gehen Sie! Gehen Sie!..., sagte er in größter Hast.

– Sie haben mich nicht zu Ende reden lassen.

– Gehen Sie... gehen Sie, sage ich! Sie werden es nicht erleben, daß Sie mich zu Ihrem Komplizen machen. Und sagen Sie bloß keinem, daß Sie hierher gekommen sind. Ah! Mein Gott, mein Gott, wie egoistisch die Leute sein können! Sie denken wohl nur an sich selbst? Sie finden vielleicht, daß ich noch nicht genug gelitten habe? Sie, der Sohn meiner Frau, Sie, von dem ich eher Hilfe erwartet hätte, ausgerechnet Sie müssen daherkommen und mich ebenfalls fertigmachen. Jedenfalls habe ich niemandem etwas getan. In aller Ruhe beschließe ich hier meine alten Tage. Wollen Sie etwa, daß ich am Ende meines Lebens in eine Mordgeschichte hineingezogen werde? Das ist schändlich.

Diese Ausdrucksweise überraschte Arnold.

– Aber, gab er zur Antwort, hatten Sie mir nicht zu verstehen gegeben, daß Sie vom Leben nichts mehr erwarteten, daß Sie entschlossen wären, sich zu rächen, um sich Gerechtigkeit zu verschaffen...?

– Niemals, rief der kleine Mann aus, niemals habe ich

Ihnen so etwas gesagt. Drehen Sie mir nicht die Worte im Munde herum... So gehen Sie schon, ich befehle es Ihnen, gehen Sie und überlassen Sie mich meinem traurigen Schicksal.

Arnold erhob sich seinerseits. Er machte eine wegwerfende Handbewegung. So sind die Menschen! Sollte wirklich das kleinste Risiko sie das Vertrauen, die Freundschaft vergessen lassen, die sie einem eben noch bekundet haben? Und kann die pure Angst, sich bloßzustellen, einen Menschen so weit verändern, daß er verleugnet, was ihm am heiligsten ist?

Verbittert ging Arnold auf die Tür zu. Er war einer von jenen feinfühligen Menschen, denen das Geringste an Kälte genügte, um sich abzukapseln. Nein, er würde nicht weiter insistieren. Er hatte verstanden. Bevor er die Tür schloß, warf er dem kleinen Mann einen mitleidsvollen Blick zu. Vor Angst bebend, bedeutete dieser ihm erneut, zu gehen.

– Fürchten Sie nichts, sagte würdevoll unser Held, niemand wird je erfahren, daß ich hier gewesen bin. Es ist spät. Sie können in aller Ruhe wieder zu Bett gehen. Adieu, Monsieur.

Als er sich auf der Straße wiederfand, verharrte Arnold einen Moment lang unentschlossen. Was tun? Wohin gehen? Ihm ging der Gedanke durch den Kopf, sich der Polizei zu stellen. Hätte er dadurch nicht in gewisser Weise die Schwere seines Vergehens mildern können? Andererseits könnte er, wenn er es nicht täte, vielleicht der Bestrafung entgehen. Der Regen hatte noch nicht aufgehört. Die Straßen waren menschenleer. Man spürte, daß dies ein Abend war, an dem selbst die Theater nur zur Hälfte gefüllt waren. Er scheute sich vor der Rückkehr ins Hotel. Womöglich war die Polizei schon da, ihn zu verhaften. Und weil sie ihn nicht vorgefunden hatte, erwartete sie ihn versteckt in den Seitenstraßen, unter den Portalen, sogar im Hotelbüro.

Er lief geradeaus weiter. Straßen, die er sonst ebenso liebte wie andere Menschen, waren ihm gleichgültig geworden. Was in ihm vorging, war so intensiv, daß ihm die ganze Umgebung weit weg und nur für andere Menschen da zu sein schien. Was tun? Wohin gehen? Er vernahm das monotone Geräusch seiner Schritte.

Er war es also, der im Regen so dahermarschierte. Umsonst drehte er sich um, keiner folgte ihm. Er war allein. Plötzlich bemerkte er Lichter, hörte das Motorengeräusch von Autobussen. Unbewußt war er in Richtung der Place Blanche gegangen, in deren Nähe sein Hotel lag, sein Restaurant, das Tanzlokal, wo Génia, wie sie selbst gern sagte, zu arbeiten habe, das Kino, in dem er jeden Freitag seinen Nachmittag verbrachte, die kleine Bar, in der er Karten spielte und seine Freunde traf. Ein Passant, dann ein zweiter und ein dritter gaben ihm zu verstehen, daß Menschenmassen im Anmarsch seien. Die geraden Flügel von Moulin-Rouge drehten sich gemächlich im Raum, obwohl kein Wind ging. Arnold zögerte, sich unter das Volk zu mischen. Schließlich überquerte er einen Platz, bog in den Boulevard Clichy ein. Mehrmals ging er an der kleinen Bar vorbei, von der gerade die Rede war, nicht etwa, wie es vielleicht aussehen mag, weil er einen Freund wiederfinden mußte, sondern weil er sich vergewissern wollte, daß in der näheren Umgebung keine Polizisten waren. Arnolds Inkonsequenz war grenzenlos. Er hatte das sichere Gefühl, daß seine Verfolger seinen Namen, seine Adresse und letztlich seine Gewohnheiten kannten. Gleichwohl verschaffte ihm die Feststellung, daß sich im Umkreis des Cafés keine verdächtige Person aufhielt, ein immenses Wohlbehagen – als ob er schon gerettet wäre. Plötzlich zuckte er zusammen.

– Bist du's, Arnold? hatte eine Stimme gerufen.

Abrupt drehte er sich um, bereit, zu fliehen. Er erblickte ein Individuum, das er vom gelegentlichen Kartenspiel her kannte. Für eine Sekunde hatte er den Eindruck, jener sei von der Polizei, wisse über alles Bescheid und würde gleich alle Masken fallen lassen.

– Was hast du denn um diese Zeit auf der Straße verloren? fragte der Mann.

Dieser vertrauliche Ton, dem er früher keinerlei Bedeutung beigemessen hätte, richtete ihn auf.

– Was ich hier verloren habe? wiederholte Arnold.

– Genau, fuhr der andere fort, wobei er aus Spaß so tat, als ob er den Auftrag hätte, das Verhalten seines Kumpels zu überwachen.

– Aber ich wollte nach Hause, ins Bett, erwiderte Arnold.

– Und du denkst, daß ich dir das glaube? fuhr der Bekannte im selben Tonfall fort. Gib doch zu, daß ich dich bei der Suche nach dem schnellen Glück überrascht habe. Und Génia ist unterdessen der Meinung, du würdest ganz brav schlafen. Ich werde bald keinen Schritt mehr von dir weichen können. Sobald du auf dich selbst gestellt bist, muß man bei dir auf alles gefaßt sein.

Arnold erschauerte. ›Er weiß die Wahrheit‹, dachte er, ›er wird die Polizei benachrichtigen, ich werde verhaftet, bevor ich mich überhaupt habe rechtfertigen können.‹

– Also, ab nach Hause, und zwar sofort, sagte der Bekannte noch, der sich für zunehmend geistreich hielt. Morgen wirst du uns die Gründe für deine Anwesenheit zu so ungehöriger Zeit auf der Straße nennen.

Vor Angst zitternd, beeilte Arnold sich zu gehorchen.

– Gut... gut... ich gehe nach Hause.

– Aber was hast du denn? fragte der Kamerad, der glaubte, Arnold würde seinerseits Spaß machen.

– Ich gehe nach Hause... nach Hause..., wiederholte unser Held, während er sich von seinem Gegenüber entfernte, der ihm verdutzt nachschaute und nichts verstand.

– Auf Wiedersehen... Wiedersehen...

Wieder allein, atmete Arnold erleichtert auf. Trotz des Regens schob sich eine ziemlich dichte Menschenmenge über den Boulevard. ›Génia, Génia, du denkst, ich schlafe‹, sagte der junge Mann mit nahezu lauter Stimme. Er erinnerte sich jetzt auch an sein boshaftes Verhalten, an die Schroffheit, mit der er sich von Génia getrennt hatte, um der Liebhaber einer Frau zu werden, die in dem von ihm frequentierten Milieu in dem Ruf stand, der höheren Gesellschaft anzugehören. Er erinnerte sich an die Nacht, in der sie ihn tränenerstickt anflehte, sie nicht zu verlassen, an die Nacht, in der sie ihm ewige Treue schwor, an die Nacht, in der sie ihr Leben ändern wollte, seine Frau werden und ihn zum glücklichsten Menschen machen wollte. Nervös an seiner Zigarette ziehend, hatte er ihr zugehört. In seiner Freude, der Liebhaber der Frau des Juweliers aus der Rue de la Paix geworden zu sein, hatte er nicht das geringste Gefühl des Mitleids für Génia aufgebracht. Alles Flehen hatte er durch boshafte und hinterhältige Widerworte durchkreuzt. Um diese Leidenschaft zu zermürben, ging er so weit, die Eigenliebe der armen Tänzerin zu verletzen, indem er ihr vorwarf, nur die Tochter eines Bäckers zu sein. Wenn er ihr Mann würde, so würde man ihn später, wenn aus ihm ein großer Politiker geworden wäre, nirgends empfangen. Außerdem war sie älter als er. In dem Moment, in dem er im Vollbesitz seiner Kräfte wäre, würde sie bereits alt und häßlich sein. Trotz allem hatte sie ihn angefleht, hatte angefangen zu weinen, um ihn umzustimmen. Er hatte ihr gesagt, er würde niemals eine Frau heiraten, die weiß-der-Himmel-wie-viele Liebhaber gehabt habe. Wenn er sie schon zu seiner Mätresse hatte machen wollen, so deshalb, weil er sie wenigstens für intelligent genug hielt einzusehen, daß sie sich an dem Tag, an dem sich ihm eine Gelegenheit böte, zurückziehen müßte. Doch die Liebe dieser Frau war dergestalt, daß sie, je mehr sie erniedrigt und verletzt wurde, desto stärker an ihm festhielt. Schließlich hatte er sich zum Weggehen bereitgemacht, in der Absicht, sie völlig verzweifelt zurückzulassen, worauf sie ankündigte, sich zu töten, und er entgegnete, sie hätte sicherlich nicht den Mut dazu. Daraufhin hatte sie sich zwischen die Tür geworfen. Er hatte sie brutal zurückgestoßen und war gegangen. Weinend, schreiend, ihm drohend war sie hinter ihm hergelaufen, doch jedesmal, wenn sie versucht hatte, ihn zurückzuhalten, hatte er sie geschlagen, ohne sich auch nur vor den Passanten zu schämen, dermaßen grob zu handeln, ja, er nahm diese sogar mitunter zu Zeugen für die Verrücktheit dieser Frau.

Jetzt, in dieser Nacht der Verzweiflung, dachte er erneut an sie. Er hatte ein überwältigendes Bedürfnis nach Frieden, nach Schutz, nach Liebe. Génia hatte ihn womöglich doch nicht ganz vergessen. Ach! Wenn es doch so wäre, wie hätte er es dann verstanden, seine begangenen Fehler wiedergutzumachen, wie hätte er sich zu entschuldigen gewußt, wie hätte er verstanden, diese Frau glücklich zu machen! Der Gedanke, Génia wiederzusehen, zeichnete sich immer deutlicher vor seinem Geiste ab. Aber er fürchtete, sie könnte einen neuen Liebhaber haben.

Als er zu dem Tanzlokal kam, in dem Génia angestellt war, zögerte er. Wie sollte er zu ihr gelangen? Mit den regennassen Kleidern und ohne Geld war kein Gedanke daran, in dieses Nachtlokal hineinzukommen, an dessen Eingangstür zwei Pagen und ein Portier Wache standen. Doch wenn er vor dem Eingang stehenblieb, lief er Gefahr, Aufmerksamkeit zu erregen. Andererseits konnte es sein, daß Génia entlassen worden war oder schon von sich aus gegangen war. Nachdem er ungefähr zehnmal an dem Tanzlokal vorbeigegangen war, beschloß er endlich, von einem der Pagen nach seiner ehemaligen Mätresse fragen zu lassen. Er ging auf den jüngeren zu.

– Würden Sie bitte, sagte er zu ihm, Mademoiselle Génia benachrichtigen, daß Monsieur Arnold sie zu sprechen wünscht.

Der Page winkte ab.

– Gehen Sie doch selber hin, sagte er.

Dieser nachdrückliche Befehl versetzte Arnold in Erstaunen, gleichzeitig bestärkte er ihn. Nichts unterschied ihn also von seinen Mitmenschen. Er ging die kleine Treppe hinauf, zu deren Seiten ausgeliehene Orientteppiche gespannt waren. Nachdem er auf einer Art Treppenabsatz, der als Garderobe diente, angelangt war, ging er auf die Eingangstür des Saales zu und suchte, halb verborgen durch eine spanische Wand, Génia mit seinen Augen. An den Tischen saßen nur wenige Leute, dagegen war die Tanzfläche von Tanzenden überfüllt. Plötzlich gewahrte er sie. Sie tanzte mit einem älteren Mann und lachte. Trotz einer anderen Frisur und neuer Kleider hatte sie sich kaum verändert. Sie schien ihm noch schöner geworden zu sein. Als ob sie dieses Wiedersehen geahnt hätte, stand sie gerade in dieser Nacht im vollen Glanz ihrer Schönheit. Arnold litt darunter und empfand gleichzeitig eine große Freude dabei.

Da sie, ohne ihn zu sehen, in seine Richtung schaute, hob er eine Hand. Sie zuckte zusammen. Ihr Lächeln erstarb. Ohne das Tanzen zu unterbrechen, ließ sie den jungen Mann nicht mehr aus den Augen. Endlich, als das Orchester verstummte, ließ sie ihren Partner allein und ging auf Arnold zu.

– Du hier? fragte sie, als ob er noch ihr Liebhaber wäre und als ob alles, was sich seit ihrer Trennung ereignet hatte, unwichtig wäre.

– Ich würde dich gern sprechen, bemerkte der junge Mann.

– Sofort? fragte sie.

– Wann du willst.

– Ah! Gut, das ist mir lieber. Also gut, geh wieder runter und erwarte mich draußen, aber so, daß die Pagen dich nicht sehen. Ich werde mich fertig machen, um zu kommen. Warte aber ab, bis ich dir ein Zeichen gebe, bevor du zu mir sprichst. Du brauchst mir dann nur zu folgen.

All diese Anweisungen klangen wie die einer verliebten Frau. Arnold hatte ihnen mit einer Ergebenheit, mit einer Freude zugehört, die Génia nach dem, was passiert war, seltsam hätte vorkommen müssen. Aber durch und durch Frau, erschien ihr diese Entwicklung keineswegs außergewöhnlich. Man hätte sagen können, daß sie es immer vorausgesagt hatte.

Wieder allein, hatte Arnold das Gefühl, ein anderer Mensch zu sein. Er hatte wieder Vertrauen geschöpft, Génias Empfang war ihm außerordentlich liebevoll vorgekommen. Er entfernte sich also vom Tanzlokal, wie man es ihm aufgetragen hatte, und belauerte aus der Ferne den Eingang. ›Wenn mir bloß nichts dazwischenkommt, bevor sie mich getroffen hat! Was würde sie wohl von mir denken, wenn man mich jetzt festnähme und sie mich nicht fände? Sie würde glauben, daß ich sie schon wieder hintergangen hätte.‹

Nervös sah er sich alle vorbeigehenden Männer an, befürchtete in jedem Moment, daß einer von ihnen auf ihn zukommen und ihn ansprechen könnte. Beim kleinsten unerwarteten Geräusch fuhr er zusammen. Er wußte nicht, welche Haltung er einnehmen sollte, damit er keine

Aufmerksamkeit auf sich lenkte. Und als er unbewußt stehenblieb, um irgendeine Schaufensterauslage zu betrachten, ging er sogleich weiter, aus Angst, verdächtigt zu werden, etwas Böses im Schilde zu führen.

Auf einmal stieß er einen Freudenschrei aus. Er hatte soeben Génia erspäht, die, wahrscheinlich um nicht in Eile zu erscheinen, beim Portier verweilte. Dann, als hätten all die Ermahnungen, die sie ihm gegeben hatte, keine Bedeutung mehr, ging sie auf ihn zu, ohne dies verhehlen zu wollen. Im ersten Moment war ihm das ein wenig peinlich, doch in seinem Glück vergaß er alles andere. Als sie bei ihm war, betrachtete sie ihn erwartungsvoll.

– Es gelingt dir wohl nicht, eine andere Frau zu kriegen... Du siehst ganz schön mitgenommen aus, sagte sie mit Ironie in der Stimme.

Er gab keine Antwort.

– Also, was hast du mir zu erzählen, mein kleiner Arnold?

Es war offensichtlich, daß sie bestrebt war, ohne Groll zu erscheinen, so zu tun, als habe sie alles verziehen und als sei sie glücklich in ihrer neuen Situation.

– Wie müde du aussiehst! Möchtest du vielleicht was Warmes zu dir nehmen? fragte sie in mütterlichem Ton.

Sie drängte ihn in eine Brasserie, schlug ihm seinen Jakkenkragen herunter, nahm ihm seinen Hut ab und rieb seine Hände, die sie in ihre genommen hatte. Arnold sah sie liebevoll und mit Dankbarkeit an, doch tat sie so, als bemerkte sie es nicht.

– Génia, sagte er, nachdem er wiederhergestellt war, ich muß dich sprechen. Liebst du mich noch?

Die junge Frau antwortete nicht.

– Génia, ich flehe dich an, du mußt mich lieben. Ich bin so unglücklich.

Dieses Mal redete die junge Frau, allerdings mit größter

Sanftmut, so als ob sie Wert darauf legte, unter Beweis zu stellen, daß sie nicht zu jenen Frauen gehörte, die bei einer Veränderung der Situation triumphieren.

– Dafür kann ich nichts, mein armer Liebling. War sie bös' zu dir, diese Frau?

– Oh, nein, das ist es nicht. Es ist viel schlimmer.

– Ihr Mann hat euch überrascht?

Arnold machte eine müde Handbewegung.

– Das ist es nicht, es ist viel ernster. Das alles ist schon lange vorbei. Sie hat mich verlassen, aber ich, ich habe ein Verbrechen begangen.

Kaum hatte Arnold diese Worte ausgesprochen, da war es ihm, als würde alles um ihn herum zusammenstürzen. Génia war von ihm abgerückt. Sie schaute ihn entgeistert an, brachte aber noch den Mut auf, ihn zu fragen, ob dies sein Ernst sei.

– Aber ja doch, sagte Arnold in einem beklagenswerten Ton.

– Bist du denn verrückt geworden?

Sie stand auf, rief nach dem Kellner, bezahlte die Getränke. Es war klar, daß sie nur noch den einen Gedanken hatte: den jungen Mann mit deutlicher Geste zu verlassen, so daß gegebenenfalls ein Gast diese Szene später bezeugen könnte. Als der Kellner den Tisch abräumte, wandte sie sich Arnold zu und sagte ihm kalt und in ziemlich lautem Ton, um von den anwesenden Leuten gehört zu werden:

– Da du so etwas getan hast, kann ich dich nun nicht mehr sehen.

Dann ging sie schleunigst davon, ohne auch nur eine Antwort abzuwarten, und ließ unseren Helden mit seinen Schuldgefühlen und Kümmernissen zurück.

Arnold war vollkommen erschöpft. Wohin er sich auch wandte, er traf nur auf Feinde. Niemand wollte ihm mehr zuhören. Kaum hatte er zu reden angefangen, schon zog sich sein Gegenüber zurück! Er begriff, daß er nur noch zwischen zwei Lösungen zu wählen hatte: entweder sich zu töten oder sich festnehmen zu lassen. Doch ihm fehlte der Mut sowohl für das eine wie für das andere.

Während er so ging, fragte er sich ängstlich, was ihm widerfahren könnte, wenn alle Kräfte ihn verlassen würden. Er würde auf eine Bank sinken. Wohin würde man ihn bringen? Das war die Frage, die er sich stellte. Sie ließ ihm keine Ruhe. In ein Hospital oder doch eher auf ein Kommissariat?

Unter einem Portal schlief ein Bettler. Arnold sah ihn an und ging weiter. Dann kehrte er um und betrachtete ihn erneut. Schließlich klopfte er ihm auf die Schulter. Der Bettler öffnete die Augen, doch als er erkannte, daß er es mit keinem Polizeibeamten zu tun hatte, ließ er keine weitere Bewegung folgen.

– Was wird man mit dir machen? fragte Arnold beklommen.

Der Vagabund antwortete nicht einmal und schlief wieder ein.

Arnold nahm seinen Weg wieder auf. Mit der verrinnenden Zeit spürte er, wie die Stunde der Bestrafung näherrückte und die Mittel, sich dem zu entziehen, weniger wurden. ›Ach, wenn ich doch wenigstens das Leben irgendeines Menschen retten könnte‹, dachte er, ›wenn ich ein Verbrechen verhindern könnte, wenn ich eine gute Tat tun könnte, bevor man mich festnimmt!‹ Mit demselben Kraftaufwand, mit dem er kurz zuvor wissen wollte, was mit den Bettlern geschehe, die man von der Straße aufliest, wollte er nun eine gute Tat vollbringen, eine gute Tat, mit der er sich im unvermeidbaren Moment des Rechenschaftablegens vor Gericht hätte brüsten können. Aber wohin er auch schaute – um ihn herum zeigte sich lediglich ein eintöniges Leben ohne gute oder böse Taten. Ach! Wenn er doch dank eines Zauberstabes an den Ort eines Verbrechens gebracht worden wäre, wie glücklich wäre er gewesen! Wie selbstlos er sein Leben aufs Spiel gesetzt hätte, den Mörder zu überwältigen! Wie fürsorglich er dem Opfer auf die Beine geholfen hätte!

Plötzlich wurde seine Aufmerksamkeit durch einige Stimmen geweckt. Es mochte vielleicht zwei Uhr morgens sein, dennoch konnte man unter den Stimmen die eines kleinen Mädchens erkennen. Arnold blieb stehen und versuchte, sich in einem Winkel verbergend, etwas aufzuschnappen. Eine bizarre Szene spielte sich vor seinen Augen ab. Als deren Hintergrund diente eine Sackgasse, die durch die Leuchtreklame zwei oder drei verrufener Hotels schwach erleuchtet war. Hin und wieder wagte sich ein Pärchen dort hinein. Wie konnte es sein, daß sich zu so vorgerückter Stunde, an einem solchen Ort ein kleines Mädchen befand? Sie war nicht allein. Zwei Frauen begleiteten sie, dazu ein Mann, dessen korrekte Kleidung und wohlsituiertes Aussehen merkwürdig aus dem Rahmen fielen. Mit weit aufgerissenen Augen und gespitzten Ohren versuchte Arnold zu verstehen, was da vor sich ging, freilich ohne sich dabei zu zeigen. Er vernahm die Stimmen der Frauen, die das Geschrei der Kleinen übertönten.

– Wenn ich Ihnen doch sage, Monsieur, daß die Kleine nichts lieber täte, sagte die eine. Sie brauchen uns nur zu folgen. Es ist nicht das erste Mal. Das Hotel kennt uns.

Dann, sich der Kleinen zuwendend:

– Nun heul' doch nicht! Der Monsieur wird dich schon nicht mitnehmen.

In diesem Augenblick fing der Mann an zu reden.

– Ich werde Ihnen das Doppelte von dem geben, was Sie von mir verlangen, aber kommen Sie mit zu mir...

Ich habe eine gewisse Stellung, die ich nicht ohne weiteres aufs Spiel setzen kann. Hier sind wir einer Erpressung, einer Razzia preisgegeben.

– Nochmals: Sie gehen kein Risiko ein, wenn wir es Ihnen doch sagen. Sie sehen ja, daß die Kleine Angst hat. Sie sollten sich glücklich schätzen, daß sie einwilligt, Ihnen ins Hotel zu folgen. Man sollte nicht zu anspruchsvoll sein. Sie finden nicht so leicht ein dermaßen hübsches Mädchen, das nichts anderes will, als Ihnen Freude bereiten.

Doch der Unbekannte schien sich vor irgend etwas zu fürchten. Er beharrte weiterhin auf der Erlaubnis, die Kleine zu sich nach Hause fahren zu dürfen. Angesichts eines so tiefsitzenden Wunsches schlug eine der Frauen dem kleinen Mädchen zum Schein vor, das Angebot des Monsieur doch anzunehmen. Das Kind klammerte sich hingegen verzweifelt an die Matronen, von denen die eine seine Mutter zu sein schien.

Mit ausgetrocknetem Mund und geballten Fäusten erlebte Arnold diese ganze Szene mit. Er begriff, worum es ging. Die beiden Frauen hatten diesen Passanten angesprochen. Die eine von ihnen hatte ihm zu verstehen gegeben, daß sie ein kleines und recht zugängliches Mädchen habe. Der Unbekannte hatte sich interessiert gezeigt und um nähere Erläuterungen gebeten. Während die Frau sie ihm gab, war die andere weggegangen, um das Mädchen in dem kleinen Hotel, wo sie alle zusammen wohnten, abzuholen. Das Mädchen hatte unversehens die Lust des Passanten geweckt. Doch hielt ihn die Angst vor einem Skandal, einem Hinterhalt oder einer Erpressung zurück. Deshalb kam ihm der Gedanke, den beiden Frauen vorzuschlagen, sie sollten ihm erlauben, das Kind mitzunehmen. Er verpflichtete sich, es nach einer Spazierfahrt im Automobil wieder an der Ecke der Sackgasse abzuliefern. Aber wie tief gewisse Leute auch immer sinken mögen, sie behalten dennoch eine ihnen eigene Moral. Alle Phantasien des Passanten, vorausgesetzt sie wären auf den Bereich des Hotels beschränkt geblieben, wären von den beiden Kupplerinnen gleichmütig toleriert worden. Daß dagegen das kleine Mädchen mit einem Unbekannten alleinbleiben sollte, selbst wenn dieser ein braver Familienvater war, schien ihnen eine unerlaubte und gefährliche Sache zu sein. Darum spielte das Kind, das von seiner Mutter und deren Freundin gebührend hergerichtet war, die Angst nur vor. Und dennoch: trotz der Weigerung, auf die er traf, und obwohl er wußte, daß er sich niemals in diese Räuberhöhle hineinbegeben würde, ging der Mann nicht weg. Um weitere zehn Minuten verlängerte sich die Diskussion im Flüsterton. Am Ende mußte der Passant eine solche Summe versprechen, daß die Megären nachgaben, und urplötzlich hatte auch das Mädchen nichts mehr dagegen einzuwenden. Die beiden Frauen verschwanden in der Sackgasse, während der Unbekannte auf dem Boulevard und im vollen Licht neben dem Mädchen herging – wenn auch übrigens mit einer gewissen Verlegenheit, die aus einer Mischung aus Aufmerksamkeit und Vorsichtsmaßnahme für das Objekt seiner Lust gespeist wurde. Er ging auf ein Automobil zu, das ungefähr fünfzig Meter entfernt parkte.

Tausend Gedanken gingen Arnold durch den Kopf. Er dachte an seine Jugend, an sein Verbrechen, an seine enttäuschten Hoffnungen. ›Ist es möglich‹, murmelte er vor sich hin, ›daß es auf dieser Erde Menschen gibt, die zu solchen Scheußlichkeiten fähig sind?‹ Plötzlich kam es ihm so vor, als ob ihm gerade die einmalige Gelegenheit geboten worden wäre, seine Schuld zu begleichen – natürlich von Gott. Hinterher durfte man ihn beschuldigen, verurteilen, – trotz allem hätte er ein armes Kind gerettet und zur Ergreifung eines schändlichen Individuums beigetragen.

Wie ein Wahnsinniger stürzte er sich in die Verfolgung des merkwürdigen Pärchens.

– Was machen Sie da? brüllte er den Mann an, der bereits die Tür seines Automobils geöffnet hatte. Sie werden mir jetzt folgen. Ich habe alles gesehen, alles mitangehört. Was Sie da vorhaben, ist niederträchtig. Sie werden sich vor der Justiz zu verantworten haben. Sie verdienen das Gefängnis, das Bagno.

Der Passant war leichenblaß geworden. Innerhalb eines winzigen Augenblicks sah er sich auf das Kommissariat geführt, verhört, der Justiz überantwortet. Da er auch am folgenden Tag nicht wieder da wäre, würde seine Frau sein Verschwinden anzeigen. Sie würde dann erfahren, was vorgefallen war. Seine Karriere wäre zerstört, seine Kinder entehrt. Seine Frau würde die Scheidung einreichen. Von allen verleugnet, ruiniert, könnte er nur noch daran denken, auszuwandern. Angesichts solcher Perspektiven kam ihm nur der eine Gedanke: sich das Stillschweigen unseres Helden zu erkaufen.

– Sagen Sie mir, wieviel Sie verlangen... ich gebe Ihnen alles, was ich habe, alles, aber ich flehe Sie an, vergessen Sie, was Sie gerade gesehen haben.

Im Verlauf dieser Szene war das Mädchen wieder aus dem Wagen gestiegen, und, nachdem es zunächst so getan hatte, als verstünde es nichts, ganz plötzlich davongelaufen. Dennoch hatte Arnold die Zeit gehabt, dem kleinen Mädchen ins Gesicht zu sehen. Um ein Haar hätte er geschrien. Das Blut stieg ihm in den Kopf. Dieses kleine Mädchen trug die Züge einer Frau. Nichts Jugendliches war in seinem Blick. Einzig das Röckchen, die in den Nacken fallenden Haare, eine winzige Figur und absichtlich unbeholfene und naive Manieren vermittelten den durch ihre Wollust verblendeten Männern den Eindruck des Kindhaften. Indes, es war so schnell verschwunden, daß Arnold diese Entdeckung nicht weiter bedachte. Ganz von dem Gedanken besessen, eine gute Tat zu tun, fuhr er fort:

– Folgen Sie mir, es muß sein, hören Sie. Wir zwei müssen jetzt aufs Kommissariat.

In diesem Augenblick bemerkte der Passant das Verschwinden der Kleinen. Als hätte man ihm unversehens das Leben wiedergegeben, begann er wieder frei zu atmen. Der Beweis seiner Schandtat war verschwunden. Er konnte also alles leugnen. Aber er ließ sich von seiner Freude nichts anmerken, da er es vorzog, die Dinge gütlich zu regeln. Er sah sich Arnold mit ein wenig mehr Gelassenheit an. Er stellte fest, daß der junge Mann schlecht gekleidet war, daß er trotz Regen und Kälte keinen Überzieher trug, daß er das Gesicht eines Träumers hatte. Mithin hatte er deutlich das Gefühl, Opfer eines Verrückten oder eines Vagabunden zu sein, der dank des Zufalls, an dieser Szene teilgenommen zu haben, versuchte, eine Erpressung zu begehen, um daraus Kapital zu schlagen.

– Sie brauchen Geld, ich seh's, sagte er. Ich gebe Ihnen, was ich noch habe. Das hilft Ihnen über die Runden.

– Ich will kein Geld, gab Arnold zurück. Für wen halten Sie mich? Das wäre zu einfach. Als ob es genügen würde, reich zu sein, um sich alles erlauben zu können. Ich will, daß Sie bestraft werden.

– Aber, aber, mein armer Junge, fuhr der Passant fort, Sie verlangen, daß ich mich vor Ihren Augen umbringe. Sie begreifen anscheinend nicht, was das ist: ein momentaner Fehltritt. Ich hatte den Kopf verloren. Ja, es stimmt, ich verdiene eine Bestrafung, aber glauben Sie denn nicht, daß diese Bestrafung mir zuteil wird, sobald ich die unschuldigen Augen meiner Kinder wiedersehe, meiner lieben Kinder, die nicht wissen, in welchen Abgrund ihr Vati beinahe gefallen wäre? Wenn diese Kinder wüßten, Monsieur, was Sie getan haben, so würden sie Ihnen auf Knien danken. Sie haben die beste Tat vollbracht, die ein Mensch vollbringen kann, nämlich die, einen anderen Menschen zu retten.

Aufgrund der Konfusion in seinem Geist, des Fiebers, das ihm seit Stunden zu schaffen machte, wegen seiner Nervosität und seines Bedürfnisses nach Mitleid, verlor Arnold den eigentlichen Grund seiner Intervention aus den Augen. Es schien ihm, daß er, wenn er diesem Menschen die Freiheit ließe, seinem Wunsch nach einer guten Tat nicht weniger treu bliebe. Im übrigen hatte ihn sein Selbsterhaltungstrieb instinktiv zurückgehalten. Er wußte nur zu gut: Sollte er diesen Unbekannten der Polizei ausliefern, würde er sich ebenfalls ausliefern. So fand er mit einer gewissen Erleichterung in den Worten des Passanten etwas, das sein Gewissen beruhigte, ohne deswegen verpflichtet zu sein, Kontakt mit der Justiz aufzunehmen.

Da Arnold keine Antwort gab, streckte der Unbekannte ihm mit überschwenglicher Geste die Hand hin.

– Danke, sagte er, Sie sind ein Mensch, Sie haben Herz, und das ist die wertvollste Eigenschaft, die es gibt.

Er sprach aufrichtig, denn gerade erst von seiner Erregung befreit, konnte er sich obendrein freuen, mit heiler Haut davongekommen zu sein. Arnold mißverstand diesen plötzlichen Sympathieausbruch.

– Wirklich? fragte er treuherzig. Sie finden, daß ich wertvolle Eigenschaften habe?

– Aber ja, fuhr der Unbekannte fort, der trotz allem dankbar war und der mit einemmal begriff, daß er es weder mit einem Gauner noch mit einem Erpresser zu tun hatte, sondern mit einem Träumer. Sie leiden an der Häßlichkeit dieser Welt, und wenn Sie dem Bösen gegenüberstehen, empören Sie sich und denken nur noch daran, es zu ahnden. Ich war auch einmal so wie Sie, glauben Sie mir. Wie Sie bedauerte ich es von ganzem Herzen, gelegentlich der Versuchung zu erliegen. Das, was ich heute getan habe, und darauf gebe ich Ihnen mein Wort, das hätte ich früher niemals getan. Aber dann kommt das Alter und mit dem Alter der Hunger nach Vergnügungen, der Verlust von Selbstachtung und Respekt vor der Justiz, von moralischem Anstand. Sie, Sie sind jung. Das ist Ihr Glück. Und alles was ich wünsche, ist, daß Sie es Ihr ganzes Leben behalten.

Arnold war überwältigt. Zum ersten Mal seit seinem Verbrechen traf er auf einen Menschen, der mit Freundschaft, mit Zärtlichkeit gar zu ihm sprach. Eine ungeheure Freude durchflutete sein Herz. Er hätte am liebsten die Hand, den Arm dieses anständigen Menschen, der gerade so edle Worte gesprochen hatte, ergriffen, ihn an seine Brust gedrückt. Wie ein verlorenes Kind, das plötzlich seinen Vater wiederfindet, schien es ihm in dieser verregneten und windigen Nacht, daß er in Sicherheit wäre und nie wieder irgendeiner Gefahr ausgesetzt sein könnte. Wachte nicht fortan ein mächtiger und wohlhabender Mann über ihn, und hielt dieser nicht durch seine Autorität die Boshaftigkeit der Neider von ihm fern?

– Ich bin es, Monsieur, sagte Arnold, der Ihnen dankt. Wenn Sie wüßten, wie gut mir Ihre Worte tun, wenn Sie wüßten, wie unglücklich ich bin und wie schön es ist, für mich als armes, schutzloses Wesen, eine Stimme wie die Ihre zu hören.

Beim Sprechen geriet Arnold in Wallung. Der Unbekannte vor ihm hörte aufmerksam, fürsorglich und liebevoll zu. Schien er denn nicht beim Betrachten seines Gesprächspartners den jungen rechtschaffenen Mann anzusehen, der er einst selbst gewesen war?

– Ja, ich bin es, der Ihnen dankt, denn Sie allein, Monsieur, hatten die Güte, mit mir wie mit einem Lebenden zu sprechen. Ich habe ein Verbrechen begangen, ich habe einen Mann umgebracht, ich weiß nicht, warum, in einem Moment der Verwirrung, oder eher, ich weiß es nur zu gut, weil es mir an Geld fehlte. Trotzdem sind Sie nicht von mir gewichen und haben aus Ihrem Herzen heraus zu mir gesprochen. Danke.

Arnold war noch nicht zu Ende gekommen, als sich die Physiognomie des Unbekannten schlagartig änderte. Dennoch antwortete dieser in unverändertem Ton:

– Ja, Sie sind ein tapferer Junge, ehrenhaft und verkannt.

Bei diesen Worten nahm er Arnolds Hände und drückte sie fest.

– Sie besitzen sehr viel Feingefühl, sagte er weiter. Ich wünsche ganz aufrichtig, daß das Leben es nicht zunichte macht. Das wäre wirklich schade. Welch trauriges Schauspiel ist es, mitansehen zu müssen, wie die Tugenden der Jugend frühzeitig verwelken. Nun aber, adieu... adieu, Monsieur...

Der reumütige Bürger bestieg sein Auto. Arnold sah ihn überrascht und dankbar zugleich an.

– Arnold, adieu.

– Adieu, adieu, antwortete der junge Mann wie von selbst.

Das Automobil fuhr davon. Arnold winkte ihm nach. ›Adieu, adieu‹, stammelte er. Wie in einem Nebel entschwand das Auto. Jäh wurde ihm bewußt, daß er allein war. ›Ich war ein Narr‹, dachte er. ›Ich hätte ihn auf der Stelle festnehmen lassen sollen. Wie dumm war ich, zu glauben, dieser Mann sei anders als die anderen! Immer lassen uns die Menschen gerade dann im Stich, wenn wir das Edle unserer Gefühle offenbaren. Nichts ist ihnen unangenehmer, als die Gegenwart von Erhabenheit und Edelmut.‹

Tief betrübt ging Arnold weiter. Er war mit sich selbst unzufrieden. Er war sich seiner Zerrüttung wie seiner Dummheit bewußt. ›Soll das also heißen, daß ich unfähig bin, eine gute Tat zu tun? Müssen all meine erhabenen Gefühle immer im Lächerlichen enden? Ich verdiene einfach den Tod.‹ Er war erschöpft. ›Aber wie wird man dann erfahren, daß ich dieses Individuum ins Gefängnis bringen wollte?‹

Er blieb stehen, um Atem zu schöpfen. Wie ein sanftes Streicheln glitt ein leichter Windzug über sein Gesicht. Plötzlich spürte er etwas zwischen seinen Fingern. Er ging zu einer Straßenlaterne. Es war ein winziges Bündel Hundert-Francs-Scheine. Der Unbekannte hatte sie gegen Ende der Unterhaltung in seine Hand gleiten lassen, und Arnold hatte nicht einmal etwas davon bemerkt. Gleichgültig betrachtete er diese Scheine. ›Und trotzdem würden sie mich retten!‹ dachte er. Doch seine Miene blieb unverändert. Sein einziger Gedanke war, eine gute Tat zu vollbringen. Für einen Moment überlegte er, ob er die Scheine zerreißen sollte, einzig, um damit seine Verachtung des Geldes unter Beweis zu stellen. Doch wenn er erzählen würde, was er gemacht hat, wer würde ihm schon glauben? Er hätte schon die Schnipsel aufbewahren müssen. Nein, nein, das alles war ja lächerlich. Dennoch zeichnete sich diese Absicht immer deutlicher in seinem Kopf ab. Das Geld war gar nicht so nützlich, wie man glaubte. War das Wesentliche nicht, daß er mit seinem Gewissen im reinen war? In der Tat war es ja eine noble Geste von einem, der verfolgt wird und kurz davor ist, ins Gefängnis geworfen zu werden, und der auf diese Weise seine einzige Chance der Rettung fahren läßt. Man könnte ihm wahrlich nicht mehr vorwerfen, sich der Bestrafung entzogen haben zu wollen.

Arnold konnte sich nicht entschließen, die Scheine zu zerreißen. Schließlich steckte er sie in seine Tasche und hob sich ihre Vernichtung für später auf. Ihm war plötzlich der Gedanke gekommen, den Fremden einzuholen. Doch die Aussicht, an der Grenze, oder gar noch auf dem Bahnhof festgenommen zu werden, brachte ihn wieder davon ab. ›Je mehr ich darüber nachdenke‹, sagte er laut zu sich selbst, ›desto mehr erkenne ich, daß es nur eine Sache gibt, die mich retten kann: eine große Tat vollbringen, jemanden vor dem Tode erretten. Ich habe getötet. Nun gut, so werde ich eben jemanden ins Leben zurückholen! Nur das wird mich loskaufen können.‹ Gern hätte er einen Lebensmüden getroffen, hätte ihm das Geld zugesteckt und sich dann ergeben. Ah! Wie stark er wäre, wenn man ihm die Frage stellte. Er würde seinen Kopf senken. Er würde alle seine Fehler eingestehen, doch dann würde auf einmal der- oder diejenige erscheinen, den oder die er vor dem Tode bewahrt hatte, um die Großherzigkeit und den Edelmut des Erretters hinauszuschreien. Ungeachtet der Enthüllungen, die man zu seinen Lasten machte, würde der Gerettete voller Dankbarkeit an seiner Wertschätzung für ihn festhalten, und diese Einstellung würde die Richter wankend machen. Diese verstünden mithin, was für ein Mensch Arnold in Wirklichkeit war, und wenn er vor der Geschworenenbank erschiene, würden alle äußerst gnädig mit ihm sein. Selbstverständlich würde man nicht soweit gehen, ihm die Hand zu drücken und Glückwünsche auszusprechen. Jene, die dazu aufgerufen sind, Recht zu sprechen, sind trotz allem auch ein wenig die Sklaven ihres Amtes. Aber sie würden ebensosehr darauf bestehen, sich über die Engstirnigkeit, die

Kleinheit und die Mißgunst der Massen hinwegsetzend, dem, den sie gerade freigesprochen hatten, zu zeigen, daß sie sich seiner Anständigkeit sicher waren und daß sie nicht Befürchtungen hegten, ihren Gnadenakt später bereuen zu müssen. Doch diese erbauliche Vorstellung beruhigte Arnold nicht. Er war entkräftet. Sein von Regen und Wind angegriffenes Gesicht glühte, seine Füße waren naß und wie aus Eis.

Eben noch hatte er nicht gewußt, wohin er gehen sollte. Dennoch hatte er sich bemüht, ein energisches Auftreten zu zeigen. Nun irrte er durch die Straßen, ohne sich auch nur im geringsten um die Dinge um ihn herum zu kümmern. ›Ich bin das, was man in den Zeitungen ein menschliches Wrack nennt...‹, murmelte er. Er wandte sich nach links, nach rechts, lediglich Impulsen folgend. Dann wieder ging er um einen Platz und machte, ohne es zu merken, die Runde erneut. So wie die Schmerzen einer Vergiftung in regelmäßigen Abständen wie Hammerschläge in uns widerhallen, meldete sich bei Arnold die Erinnerung an das schreckliche Verbrechen, das er begangen hatte. Er bekam keine Luft. Man hätte einen dieser Momente ausnützen können, um seiner habhaft zu werden, und er hätte nicht den geringsten Widerstand geleistet.

Die Stadt schien verlassen. Er befand sich auf einer ausgestorbenen Straße, und nichts war trauriger als das Sausen des Windes in den Bäumen. Seitenstraßen erregten durch ihre karge Beleuchtung sein Interesse. Doch der noch intakte Instinkt dieses Wracks befahl ihm, sich nicht zu verstecken, sondern den verspäteten Spaziergänger zu mimen.

Derart hin- und hergerissen erreichte er, ohne genau zu wissen wie, die Place Beauvau. Die Nähe zum Elysée-Palast riß ihn aus seiner Benommenheit. ›Ah! ah!‹ sagte er, noch immer mit lauter Stimme, ›einer Erscheinung wie dieser Mauer fehlt es nicht an Größe.‹ (Er spielte auf jene Mauer an, die an der Avenue Marigny entlang die Gärten des Präsidentenpalastes abschirmt.) ›Ja, dem, der es verstünde, den Dingen auf den Grund zu gehen, dem könnte diese Mauer genau in diesem Moment etwas sagen. Trennt sie denn nicht mit ihrer trägen und dummen Materie die beiden Männer, zwischen denen alle Franzosen einzuordnen sind, die beiden am weitesten voneinander entfernten Männer, nämliche den Präsidenten der Republik und mich. Der eine besitzt alle Tugenden, der andere keine einzige. Beim einen Ehre und Rechtschaffenheit; beim anderen Verbrechen und Verwerflichkeit.‹ Aber Arnold hielt sich nicht allzulange bei diesem Gegensatz auf. Er war viel zu müde, um ausgerechnet über ein solches Thema nachzudenken, um so mehr als es ihm gerade vorgekommen war, als wüßte er gar nicht, was antworten, wenn jemand ihn fragte, was er zu einer solchen Stunde am Elysée-Palast zu suchen habe. All die Antworten, die ihm in den Sinn kamen, befand er als wenig plausibel. Hin und wieder erregte ein Schutzmann an einer Straßenkreuzung seine Aufmerksamkeit. Ohne sich die kleinste Abweichung von seinem Weg zu gestatten, ging Arnold mit eisernem Willen und betont gleichgültiger Miene, jedoch vor Angst zitternd, weiter, als sei er nur ein harmloser Spaziergänger, und wenn er mit verkniffenem Gesicht und schweißnassen Händen in Höhe des Beamten war, sah er dem Repräsentanten staatlicher Autorität sogar ins Gesicht, welcher im übrigen seinen Gruß freundlich erwiderte. Und welche Freude empfand er, wenn er einen Polizeibeamten, sei's beim Zigarettenrauchen, sei's bei einem höflichen Gespräch oder am Eingang einer Bar, mit einem Glas in der Hand, überraschen konnte! Wie dieser allein schon durch ein Zeichen verstand, dem Delinquenten die Befangenheit zu nehmen!

Ob es wohl der vage Wunsch nach großen Räumen war – Arnold jedenfalls bewegte sich auf die Champs-Elysées zu. Er konnte nicht mehr. Trotzdem kam ihm nicht ein einziges Mal der Gedanke, daß sein Leidensweg aufhören könnte. Er bog in eine der Seitenalleen des Gartens ein, die an der Avenue Gabriel entlangführten. Hohe Straßenlampen beleuchteten mit schummrigem Licht die Rasenflächen. Von Zeit zu Zeit hielt er an, um nach einem Unterschlupf Ausschau zu halten, in welchen er sich bis zum nächsten Morgen zurückziehen könnte. Er näherte sich einem kleinen Pferdekarussell. Keine Plane verhüllte die Holzpferdchen. Durch die Baumgruppen hindurch gewahrte er plötzlich die Scheinwerfer eines Automobils. Wie gerne er wie diese dünnen Lichter entschwunden wäre!

Dann kehrte er wieder um – eine Entscheidung, die er sogleich bereute. Am Ende der Allee war ein Schatten auf ihn zugekommen. Arnold machte nicht erneut kehrt. Er hatte zwar eine verrückte Lust davonzulaufen, doch einmal mehr hinderte ihn sein Instinkt daran. Hätte er sich dadurch nicht verraten? ›Wenn man sich nichts vorzuwerfen hat, braucht man auch nicht wegzurennen‹, dachte er. Trotzdem beschleunigte er sein Tempo, so daß er nach zwanzig Metern beinahe lief. Wie das Echo seiner eigenen Schritte ertönten immer wieder die Schritte des Unbekannten in seinen Ohren.

In Höhe des Alcazar glaubte er einen Mann zu erkennen, der sich in einem Gebüsch versteckte. ›Ich bin umzingelt‹, murmelte er wie früher, als er noch ein Kind war und mit seinen Kameraden spielte. Von allen Seiten erhob sich das Rauschen der Blätter.

An einer Straßenbiegung fand er sich mit einemmal zwei Spaziergängern gegenüber, die miteinander zu plaudern schienen. Er blieb wie versteinert stehen. Hinter ihm setzte der Unbekannte seinen Weg fort. Arnold hatte daher ganz deutlich das Gefühl, in eine Falle geraten zu sein. Wohin er auch gehen mochte, Polizisten würden sich vor ihm aufpflanzen, sie würden ihm, ohne ein Wort zu verlieren, den Weg versperren. Und erst wenn er es leid wäre, überall auf ein Hindernis zu stoßen, und stehenbliebe wie ein gehetztes Tier inmitten einer Umzingelung, die mit jeder Sekunde enger würde, erst dann würden alle zusammen den Mund aufmachen und zu ihm sagen: ›Sie sind festgenommen.‹

Einer Eingebung folgend, mußte er allerdings einräumen, daß es recht unwahrscheinlich wäre, wenn alle diese mysteriösen Fußgänger von der Polizei sein sollten, hatte doch einzig der Zufall sie an diesem Ort zusammengeführt.

Der Unbekannte näherte sich ihm weiter. Die beiden Männer hingegen entfernten sich langsam, wobei jeder von ihnen sich eine Zigarette anzündete. Arnold dachte daran, ihnen zu folgen, sie zu überholen, doch plötzlich änderte er seine Meinung. Nachdem er die Arkaden, die die Straße säumten, durchquert hatte, durchschritt er, noch immer ohne zu laufen oder sich umzudrehen, sondern lediglich mit großen Schritten, eine Rasenfläche und ging danach wieder die Champs-Elysées hinauf. Er war gerade am Grand Palais angekommen, als er glaubte, das Bewußtsein zu verlieren. Auf seiner Seite befand sich ein Mann. Arnold bog in die Chaussée ein, und obwohl dort kein Auto war, wechselte er in den Laufschritt über, als wollte er vermeiden, überfahren zu werden.

– Polizei, sagte der Mann plötzlich, ihn am Arm festhaltend.

Groß und stark war er, ordentlich gekleidet, und auf dem Kopf trug er einen Filzhut, in dessen Band eine Feder steckte. Eine Nadel in Form eines Hufeisens war an seiner

Krawatte befestigt. Er trug Handschuhe aus schwarzer Baumwolle und einen Überzieher mit zu hoch angebrachtem Halbgürtel. Er war wirklich in Zivil.

– Haben Sie versucht zu fliehen? fragte der Inspektor.

– Aber nein, aber nein..., stammelte Arnold, der völlig den Kopf verloren hatte.

– Sie haben nicht versucht zu fliehen? Sie behaupten, Sie haben nicht zu fliehen versucht? Haben Sie die Absicht, mich obendrein noch auf den Arm zu nehmen?

– Nein, nein, ich versichere Ihnen, nein.

– Sie finden also, daß Ihr Fall so noch nicht schlimm genug ist? Na los, folgen Sie mir. Sie werden Ihre Erklärungen vor dem Kommissar abgeben.

– Aber was habe ich denn getan? fragte Arnold mit gespielter Unwissenheit, denn angesichts der Gefahr hatte er seine Kaltblütigkeit wiedererlangt.

– Wissen Sie zufälligerweise nicht, daß das Überqueren des Rasens verboten ist?

– Ich habe keinen Rasen überquert, antwortete Arnold unüberlegt.

– Zeigen Sie mir Ihre Papiere.

– Meine Papiere?

– Ja, Ihre Papiere.

– Welche Papiere?

Es dämmerte unserem Helden allmählich, daß er in der Patsche saß und daß die einzig verbleibende Chance auf Rettung darin bestand, Arglosigkeit, Jugendlichkeit vorzutäuschen, um das Wohlwollen des Polizisten für sich zu gewinnen, auch wenn er dessen Unachtsamkeit dazu benützen würde, sich davonzumachen.

– Ich fordere Sie auf, mir Ihren Ausweis zu zeigen.

– Aber natürlich, gab Arnold zur Antwort, ohne allerdings die Hand in seine Tasche zu stecken.

– Und, worauf warten Sie?

Arnold blieb nichts anderes übrig, als zu gehorchen. Der Polizist ging unter eine Straßenlaterne, um den Ausweis gründlich in Augenschein zu nehmen.

– Sie sind vom Wehrdienst Jahrgang 21? fragte er in mißtrauischem Ton nach einigen Augenblicken.

– Ja.

– Ihr Alter entspricht allerdings nicht demjenigen anderer junger Leute dieses Jahrgangs.

– Ich wurde zweimal zurückgestellt.

– Gut, na schön. Wollen Sie mir jetzt bitte sagen, was Sie hier zu solcher Stunde treiben?

– Ich war auf dem Weg nach Hause.

Als Arnold sah, daß der Polizist nur an seinem Alter Anstoß nahm, wurde er wieder selbstsicherer.

– Sie waren auf dem Weg nach Hause... Das sagen Sie. Geben Sie lieber zu, daß Sie aufs schnelle Glück aus waren. Womit verdienen Sie Ihren Unterhalt?

– Meine Familie zahlt mir eine Pension.

– Ganz schön freigiebig, Ihre Familie... Und wieviel zahlt sie Ihnen?

– Genug, um davon zu leben.

– Das sagen Sie.

– Ganz genau, das sage ich...

– Beabsichtigen Sie, diesen Ton noch lange beizubehalten?

– Welchen Ton?

– Genug, folgen Sie mir. Sie werden sich auf dem Kommissariat erklären.

Erneut bekam es Arnold mit der Angst zu tun.

– Aber man erwartet mich.

– Sie sehen nicht gerade so aus, als hätten Sie es eilig.

– Man erwartet mich. Ich schwöre es Ihnen.

– Nochmal: es reicht. Ich muß wohl nicht deutlicher werden. Folgen Sie mir.

Die beiden Männer gingen los. Arnold war nur von dem einen Gedanken beseelt: die erste Gelegenheit zur Flucht zu nutzen. Doch an der Place de l'Alma schien sein Begleiter zu zögern, welchen Weg er einschlagen sollte. Der junge Mann tat so, als bemerkte er nichts davon, und wartete ungeduldig ab, bis der Polizist sich entschieden hätte.

– Haben Sie sich verlaufen? fragte unser Held unschuldsvoll.

– Nein, ich habe mich nicht verlaufen.

– Jedenfalls gehen wir im Kreise.

– Ist mir klar.

– Begreif ich nicht.

– Natürlich, man begreift nie, daß man Mitleid erregen könnte.

– Ich errege Ihr Mitleid, ich?

– Ein sehr großes sogar. Sie sitzen jedenfalls ganz schön in der Tinte.

– Was habe ich denn getan?

– Spielen Sie nicht so mit dem Feuer. Das kann ins Auge gehen. Und diesen Rat gebe ich Ihnen nur, weil Sie mir sympathisch sind.

– Sagen Sie mir bitte, was man mir vorwirft.

– Spielen Sie nicht den Unschuldigen. Sie wissen sehr gut, was Sie in dem Wäldchen in der Avenue Gabriel gesucht haben. Sie wollten ein Ding drehen, stimmt's?

Trotz des sanften Tons, in dem der Polizist zu ihm sprach, mißtraute Arnold ihm. Dieser Mann hatte etwas, das ihm mißfiel, aber er hätte nicht sagen können, was es war.

– Ich habe Ihnen schon gesagt, daß ich unterwegs nach Hause war.

– Sie haben jedenfalls eine Menge Umwege gemacht, fuhr der Unbekannte fort. Nein, junger Mann, versuchen

Sie nicht, mir hier irgendwas vorzumachen. Ich habe schon viel gerissenere Typen kennengelernt als Sie, und ich habe immer das letzte Wort behalten. Seien Sie vernünftig. Wenn ich so zu Ihnen rede, dann in Ihrem Interesse. Sorgen Sie dafür, daß ich es nicht zu bereuen habe.

Dieses Mal wurde Arnold durch die Redeweise berührt. Jäh erinnerte er sich seines Verbrechens, das er in seiner Angst und seiner Not, sich zu retten, ganz vergessen hatte. Er mußte den Verstand verloren haben, in der jetzigen Situation mit einer derartigen Vermessenheit zu antworten.

– Verzeihen Sie, Monsieur, ich wußte nicht, was ich sagte. Ich war nervös. Ich hatte nicht einmal bemerkt, wie nachsichtig Sie mit mir sprachen. Wenn Sie wüßten, wie gut Sie mir tun, indem Sie mir ein wenig Sympathie bezeugen. Danke, danke nochmals.

– Danken Sie mir nicht. Das ist selbstverständlich. Ich empfand für Sie plötzlich, und ohne daß ich einen Grund dafür gehabt hätte, Freundschaft. Sie sehen, ich kann nichts dafür. Ich war mir bewußt, daß Sie unglücklich waren, daß Sie Zuwendung brauchten und Zuneigung. Das ist alles. Daher werde ich auch nicht zuviel verlangen. Hören Sie, es gibt immer Mittel, sich zu arrangieren. Ich sehe, daß Sie nicht reich sind. Geben Sie mir das, was Sie bei sich haben, und ich lasse Sie laufen.

– Ich habe nichts, leider.

– Aber ja doch, etwas Geld werden Sie doch wohl haben. Sie streunten doch schon eine Weile durch das Wäldchen. Bestimmt haben Sie mal da und mal dort einen 10-Francs-Schein kassiert. Sie sind doch so ein hübscher Kerl.

– Was wollen Sie damit sagen?

– Ich vermute, daß Sie keinen Wert darauf legen, ins Gefängnis zu kommen!

Arnold betrachtete seinen Begleiter. Im Moment erschien er ihm in einem ganz anderen Licht. Der Hut saß im Nacken, sein Überzieher mit Halbgürtel war aufgeschlagen, seine Hände steckten in den Hosentaschen. Er hatte was von einem Gestrauchelten, einem kleinen Gauner an sich. Er führte eine Zigarette an seinen Mund, und der Art, wie er die Streichholzflamme abschirmte, entnahm Arnold, daß er viel unter freiem Himmel gelebt hatte.

– Ich sag's Ihnen nochmal: Ich habe kein Geld.

Der Unbekannte veränderte sich prompt.

– Aha! Wenn Sie diesen Ton anschlagen, ist es was anderes. Ausgezeichnet. Ich sehe, daß ich mich getäuscht habe. Na schön, folgen Sie mir.

– Ihnen folgen?

– Ja, aufs Kommissariat.

Erneut schwand Arnolds Überheblichkeit. Die Angst drehte ihm die Luft ab. Starr blickte er seinen Begleiter an. War er, oder war er nicht von der Polizei? Indem er versuchte, diese Frage zu beantworten, fühlte er sich zugleich unfähig, dieses Mysterium zu durchdringen. Wie in einer Traumszene, in der sein Schicksal von der Kenntnis eines unbedeutenden Details abgehangen hätte, wurden die Hindernisse, die sich der Wahrheitsfindung in den Weg stellten, immer größer.

Unvermittelt änderte der Unbekannte seinen Ton.

– Schließen wir also Freundschaft, sagte er und nahm Arnold beim Arm, allerdings nicht wie ein Polizist, sondern wie ein Verliebter. Sie haben nichts zu befürchten. Ich sage Ihnen die Wahrheit. Ich bin nicht von der Polizei.

– Ich wußte es, antwortete unser Held, dem, nun, nachdem ihm in dieser Weise auf die Sprünge geholfen worden war, kein Zweifel mehr blieb.

– Das ist kein Grund, hier den Schlaumeier zu spielen. Vergessen Sie nicht, daß ich es war, der Ihnen sagte, daß ich nicht von der Polizei bin. Aber vielleicht bin ich es ja doch.

– Was soll diese ganze Heimlichtuerei? Ja oder nein, sind Sie nun von der Polizei oder nicht?

– Wenn Sie sich weiterhin so arrogant zeigen, werde ich nicht mehr offenen Herzens mit Ihnen reden.

– Also, was wollen Sie von mir?

– Ich brauche Sie. Das ist alles. Ich wünsche, daß Sie mein Freund werden.

– Wieso?

– Seien Sie doch nicht so ungeduldig. Sie werden es schon erfahren.

Arnold war nur zur Hälfte beruhigt. Er fragte sich, ob diese ganze Heimlichtuerei nicht dazu bestimmt war, sein Vertrauen zu gewinnen, einzig, um ihm irgendein Geständnis abzulocken.

– Der Mann, der vor Ihnen steht, fuhr der Unbekannte fort, ist schlicht und einfach ein Halunke. Und wenn dieser Halunke so zu Ihnen spricht, dann nur, weil Ihre Jugend und Ihre Naivität ihm Sympathie einflößen. Nachts, wenn all die braven Bürger schlafen, beginne ich mit meiner Arbeit. Und diese Arbeit besteht darin, den falschen Polizisten zu spielen. Auf diese Weise gelingt es mir, über die Runden zu kommen. Aber eine Sache wissen Sie nicht. Wenn ich, wie es sich nicht umgehen läßt, alleine arbeite – denn ich habe keinen Freund, auf den ich mich als Komplize verlassen könnte –, gelingt es mir nur, solche armen Schweine wie Sie einzuschüchtern. Gerade eben habe ich begriffen, daß Sie der Mann sind, den ich brauche. Daher werde ich Ihnen jetzt eine Frage stellen. Doch vorher liegt mir daran, daß Sie erfahren, daß mein Metier, wenn es intelligent betrieben wird, uns eine großzügige und sorgenfreie Existenz garantieren kann. Wollen Sie mein Geschäftspartner werden?

– Wozu?

– Um all diejenigen zu erpressen, die kein reines Gewissen haben, all diese Kranken, die nachts die Champs-Elysées bevölkern, den Trocadéro, den Bois de Boulogne, die Tuilerien. Im passenden Augenblick schleichen wir uns an sie heran, fragen sie nach ihren Papieren und fordern sie auf, uns zu folgen. Aber dann, unterwegs, akzeptieren wir das, was sie uns anbieten, um ihnen die Schande zu ersparen. Verstehen Sie mich jetzt?

– Das ist widerlich.

– Anfangs vielleicht. Aber wenn Sie sich daran gewöhnt haben, wird Ihnen das, wie mir, ganz natürlich vorkommen.

Zunächst hatte Arnold dieser Vorschlag empört. Aber der Nutzen, den er daraus ziehen konnte, war ihm sofort aufgefallen. Gab Gott ihm nicht auf diese Weise, mittels dieser heruntergekommenen Person, die Möglichkeit, eine gute Tat zu vollbringen, gewissermaßen sein Ansehen wiederherzustellen? Die Gelegenheit war unverhofft. Wenn er diesen Banditen denunzierte, würde er dann nicht die Sympathie, die Nachsicht, das Mitleid aller erregen? Wie nichtig sein Vergehen erscheinen würde! Sein Herz zersprang fast vor Freude. Er sah sich schon die Glückwünsche der echten Polizisten entgegennehmen. Er war somit nicht der Mensch, für den man ihn hielt, da er ja dieses abscheuliche Geschäft ausgeschlagen hatte. Dennoch lag ein Schatten auf seinem Glück. Was würde geschehen, wenn alle beide arretiert würden, bevor er die Zeit gehabt hätte, seinen vermeintlichen Komplizen auszuliefern?

– Ja, ich bin einverstanden, sagte Arnold, ohne noch einen Gedanken auf diese Eventualität zu verschwenden.

– Wirklich?

– Ehrenwort.

– Ausgezeichnet. Hand drauf.

Plötzlich, inmitten dieser Gefühlsausbrüche, legte der Unbekannte einen Finger auf seine Lippen.

– Drehen Sie sich um, flüsterte er.

Arnold gehorchte. Etwa fünfzig Meter entfernt bemerkte er einen elegant gekleideten Mann, der einem Automobil entstieg und nach einem flüchtigen Rundblick entschlossen in ein Wäldchen einbog. Sogleich folgte ihm, kein Mensch weiß, woher kommend, eine Frau.

– Es geht los, sagte der Unbekannte.

– Schon.

– Haben Sie Angst?

– Nicht unbedingt.

– Übrigens brauchen Sie mich nur machen zu lassen. Sie halten sich einige Schritte hinter mir und kommen erst heran, wenn ich Sie rufe. Sollten Sie zufälligerweise Leute sehen, brauchen Sie nur zu pfeifen. Ich werde schon wissen, was das bedeutet.

– Aber wenn der Mann Ihnen seine Papiere nicht zeigen will?

– Das ist genau der Moment, wo ich Sie brauchen werde.

– Und wenn er um Hilfe ruft, und wenn man uns festnimmt?

– Keine Bange... Er wird nicht um Hilfe rufen. Er wird viel zu sehr einen Skandal fürchten. Aber genug palavert. Die Zeit drängt.

Ohne weiteres Zögern begab sich der Erpresser auf die Spur des Pärchens.

– Ah! Ich vergaß, sagte er umkehrend. Wie heißen Sie eigentlich?

– Arnold.

– Sehr gut. Folge mir, Arnold.

Zum Zeichen der Einwilligung nickte dieser mit dem

Kopf. Er hatte gerade ein paar Schritte gemacht, als er plötzlich daran dachte, umzukehren und zu fliehen. Der Unbekannte war womöglich, was immer sonst er auch sagte, wirklich von der Polizei. Und der Spaziergänger, den er sich anschickte auszuplündern, war es vielleicht ebenso. Doch der Wunsch nach einer guten Tat verjagte diesen Verdacht. ›Eine derartig gute Gelegenheit ergibt sich zweifellos nie wieder‹, dachte er.

Einige Sekunden später verschwand er seinerseits im Wäldchen. Um ihn herum war alles dunkel. Trotz allem war er nicht gerade die Ruhe selbst. Plötzlich drang Stimmenlärm an seine Ohren. Er blieb stehen, hielt, um zu lauschen, den Atem an.

– Was beweist mir, daß Sie von der Polizei sind? sagte eine Stimme. Im übrigen, selbst wenn Sie von der Polizei sind, haben Sie mich nicht nach meinen Papieren zu fragen. Dieser Garten ist ein öffentlicher Ort. Ich habe das Recht, hier zu jeder Zeit und mit wem auch immer herumzulaufen. Zeigen Sie mir mal Ihr Polizeiabzeichen.

– Sie werden mir nun zusammen mit der gnädigen Frau folgen, antwortete der falsche Polizist. Wenn Sie Erklärungen abzugeben haben, dann tun Sie dies gefälligst auf dem Kommissariat. Ich führe nur Anweisungen aus, die mir erteilt wurden.

– Wissen Sie eigentlich, wer ich bin?

– Das geht mich nichts an.

– Sie werden es gleich erfahren.

In diesem Moment hörte unser Held, daß er gerufen wurde.

– Arnold, Arnold, komm doch mal hierüber.

Er zögerte einen Augenblick. Doch der Wunsch, die Einmaligkeit seiner Seele unter Beweis zu stellen, bemächtigte sich seiner erneut. Stand nicht sein Heil auf dem Spiel? Er durfte folglich nicht länger zögern. ›Ich übernehme sogleich die Verteidigung des Spaziergängers. Wir werden zu zweit sein. Ich habe also nichts zu befürchten‹, dachte er. Diese gute Tat, von der er seit Stunden träumte, stand nun endlich kurz bevor. Er bewegte sich vor. Das Licht einer Straßenlaterne beleuchtete durch das Blattwerk hindurch eine merkwürdige Szenerie. Ein Mann, der sehr elegant gekleidet war, gestikulierte und beteuerte seine Ehrbarkeit, unterbrach sich ab und zu, um der Frau, die ihn begleitete, ein paar Worte zu sagen, während der Erpresser unerbittlich blieb und von Zeit zu Zeit durch eine Geste zu verstehen gab, daß alle Beteuerungen der Welt ihn nicht überzeugen konnten.

– Bist du's, Arnold?

– Ja.

– Hilf mir mal. Dieser feine Herr hier muß zum Chef gebracht werden.

Unser Held rührte keinen Finger.

– Worauf wartest du?

Er antwortete nicht. Erstaunt schaute ihn der falsche Polizist an.

– Hast du nicht verstanden?

Und schlagartig wurde Arnold zu einem anderen Menschen.

– Schämen Sie sich eigentlich nicht bei dem, was Sie da tun, schrie er in einem Atemzug. Das frage ich Sie. Sie sind es, der mich auf das Kommissariat begleiten wird. Haben Sie mich verstanden? Sie sind es. Sie sind hier der Betrüger.

Nun wandte sich der junge Mann dem Nachtschwärmer zu, dessen Verteidigung er gerade übernommen hatte. Doch kaum hatte er diesem ins Gesicht gesehen, entfuhr ihm ein Stöhnen. Er hatte gerade den Autofahrer wiedererkannt, der an der Straßenecke darum gebeten hatte, daß man ihm das kleine Mädchen überlassen sollte.

– Was, Sie sind's? sagte der junge Mann ganz entgeistert.

– Ja, ich bin's, antwortete der Spaziergänger, der seinerseits unseren Helden wiedererkannt hatte. Ich sehe, Sie sind ein Spezialist. Was ich Ihnen gegeben habe, hat Ihnen also nicht gereicht? Was wollen Sie noch von mir?

Doch Arnold hatte sich zu mächtig ins Zeug gelegt, um nicht sogleich seine Beherrschung wiederzuerlangen. Er fuhr fort, ohne auf die Worte des Spaziergängers einzugehen.

– Monsieur, Sie sind in die Hände eines Banditen gefallen. Er wollte mich zu seinem Komplizen machen. Doch kannte er mich nicht. Wenn Sie nichts dagegen haben, werden wir ihn der Polizei übergeben. Wir befreien somit die Gesellschaft von einem gefährlichen Individuum.

– Es ist überflüssig, hier mühsam eine Komödie zu spielen. Darauf falle ich nicht herein. Einmal reicht. Aber lassen Sie sich sagen, daß Sie, wenn Sie in diesem Métier weitermachen, eines Tages Unannehmlichkeiten bekommen werden.

– Wie, Sie zweifeln an mir? So also danken Sie mir. Sie wollen diesen Banditen ungestraft schalten und walten lassen.

Während dieses Dialoges hatte der falsche Polizist sich wieder gefaßt. Indem er Arnold unterbrach, sagte er:

– Soviel ist sicher, junger Mann, ich spaße nicht mehr. Sie werden mir jetzt folgen. Da, sehen Sie. Das bringt Sie vielleicht auf andere Gedanken.

Er zog eine Karte aus seiner Tasche.

– Ich hatte Mitleid mit Ihnen. Ich glaubte, daß Sie reumütig wären und daß Sie nichts anderes mehr wollten, als uns zu unterstützen. Ich habe mich geirrt. Das passiert den Besten von uns. Dieses Mal werde ich Ihnen das Gefängnis nicht ersparen können.

Sich dem Pärchen zuwendend, sagte er:

– Sie sind frei, Monsieur, Madame, ich entschuldige mich, Sie gestört zu haben, aber es war notwendig, um die Absichten dieses Individuums aufdecken zu können.

Gleichzeitig ertönten mehrere Pfiffe.

– Was ist denn das? fragte Arnold, der vor Angst zitterte.

Keiner gab ihm Antwort, Stimmengewirr, Schritte, Hundegebell erschallte.

– Das ist die Polizei, schrie der Spaziergänger. Ah! Junger Mann, Sie werden sich nun erklären können. Ich bin entzückt.

Doch diese Entzückung war nur eine prinzipielle, denn ohne auch nur ein Sterbenswörtchen an seine Begleiterin zu richten, verschwand er im Laufschritt.

Arnold sah sich den falschen Polizisten an. Dieser kümmerte sich nicht um ihn. Sich mal nach links und mal nach rechts beugend, belauerte er durch das Gebüsch hindurch das Kommen und Gehen der Polizeibeamten.

– Verdrücken wir uns schnell, Suzanne, sagte er plötzlich zu der Frau des Spaziergängers.

Bevor Arnold noch Zeit hatte, sich von seiner Verdutztheit zu erholen, war er schon allein auf der verlassenen Straße. Krank vor Angst belauerte er seinerseits das Vorgehen der Polizei. ›Dieses Mal haben sie mich‹, stammelte er. ›Man wird mich fragen, was ich hier mache. Man wird mir nicht glauben, auch wenn ich die Wahrheit sage. Mein Gott, was soll ich tun?‹ Er wollte davonlaufen, doch die Angst, sich einem Polizeibeamten gegenüberzusehen, hielt ihn zurück. Plötzlich hörte er eine Stimme.

– Wo können die wohl stecken? fragte diese.

Die Absicht, sich zu zeigen, die Richtung anzugeben,

die der Erpresser und seine junge Frau eingeschlagen hatten, den Dank der Polizei entgegenzunehmen, weil er ihr einen Dienst erwiesen hatte – all dies ging ihm durch den Kopf. Doch unternahm er nichts. Unbeweglich wartete er ab. Plötzlich verließen ihn seine Kräfte. Er fiel zu Boden.

Als er wieder zu sich kam, lag der Garten ruhig da. Er stand langsam auf, löste nach und nach die feuchten Blätter, die sich an seine Kleider geheftet hatten, schlug sich mehrmals auf die Wangen, um wieder zu klarem Bewußtsein zu kommen. Bevor er sich dann wieder auf den Weg machte, sah er sich die Stelle genau an, wo er hingefallen war, um sie wiedererkennen zu können, falls er eines Tages zurückkäme.

Wie er so ging, hatte Arnold sich den Markthallen genähert. Er hoffte, inmitten dieses nächtlichen Treibens irgend etwas Gutes tun zu können. Der letzte Versuch war schließlich nicht gerade von Erfolg gekrönt gewesen. Allerdings gehörte er nicht zu jenen Menschen, die nach einem Mißerfolg die Flinte ins Korn werfen. So ging er, ohne groß nachzudenken, weiter. Die Szene, die sich im Garten des Grand Palais abgespielt hatte, gehörte bereits der Vergangenheit an.

Bald fand er sich vor der Warenbörse wieder. Dort gab es zahlreiche Vagabunden, die fast überall herumlungerten oder in entlegenen Winkeln auf einem Strohbett schliefen. Sich einem von ihnen nähern, ihm seine paar Hundert-Francs-Scheine zustecken und dann, ohne ein Wort des Dankes abzuwarten, sich wieder entfernen: Dies wäre eine Geste gewesen, der es an einer gewissen Größe nicht gemangelt hätte. Doch welche Unterstützung hätte er in der Folge von einem Menschen in derart bescheidenen Verhältnissen erwarten können? Würde die Polizei in ihm nicht eher einen Komplizen vermuten, und würde sie ihn nicht einfach dasselbe Schicksal erleiden lassen wie Arnold? Erforderte eine gute Tat, bevor sie getan werden kann, nicht ebensoviel Umsicht wie eine böse?

Jäh begriff er, daß die Stunde des Handelns geschlagen hatte. Wenn wir leiden, können uns nur die helfen, die selbst leiden.

Auf dem zu dreiviertel heruntergelassenen Eisengitter eines kleinen Cafés hatte Arnold soeben gelesen: *Wegen Trauerfall geschlossen.* Drinnen war Licht. Verschiedene Stimmen waren zu vernehmen. Er glitt untendurch ins Innere. Mehrere Personen redeten in gemäßigtem Ton. Als der Neuankömmling bemerkt wurde, rief eine von ihnen aus:

– Sie können wohl nicht lesen. Das Café ist geschlossen. Es wird nichts ausgeschenkt.

– Ich kann lesen, gab Arnold zurück, genau deshalb habe ich mir ja erlaubt, einzutreten. Ich habe mir gedacht, daß Ihnen unter den gegebenen Umständen vielleicht eine kleine pekuniäre Hilfe nützlich sein könnte.

Alle sahen sich verständnislos an.

– Haben Sie die Absicht zu scherzen? fragte in schroffem Ton jemand, der aussah wie ein Marktgehilfe aus den Hallen. Sie brauchen das nur zu sagen, denn in diesem Fall werde ich Ihnen beibringen, das Unglück anderer zu respektieren.

Arnold ließ sich nicht aus der Fassung bringen. Er war sich wohl über die Merkwürdigkeit seines Vorgehens bewußt, doch blieb ihm andererseits keine andere Wahl. In seiner Eile, den Mitmenschen zu Hilfe zu kommen, jenen Leuten also, die nichts gemein haben mit diesen Elenden, die sich in dem Moment zurückziehen, in dem man sie braucht, hatte er keine Sekunde gezögert, sich in diese trauernde Familie einzumischen.

– Auch ich leide, sagte er weiter. Ich weiß also, wie gut

es tut, wenn man sieht, daß ein Freund, mit dem man nicht gerechnet hat, einen besuchen kommt. Ich kenne Sie nicht, das stimmt. Daher entschuldigen Sie, daß ich so bei Ihnen hereingeplatzt bin. Doch als ich an Ihrem Haus vorbeiging, erschien es mir, als ob hinter diesen Eisengittern Menschen wären, die ebenso litten und von denen ich mich folglich nicht so sehr unterscheide, wie man vielleicht annehmen könnte.

Die Gruppe hatte dieser Rede verblüfft zugehört. Trotz angespannter Beobachtung hatte man keinen Spott erkennen können. Daher erwartete man, bevor man seiner Empörung freien Lauf lassen würde, ein Wort, eine Geste, die den wahren Grund dieser Einmischung verriete. Die Neugier war bei weitem größer als der Schmerz der Kränkung, als der Instinkt, der ihnen befahl, auf der Hut zu sein.

– Ja, fuhr Arnold fort, ich war der Ansicht, daß ich eine gute Tat vollbringen würde, wenn ich zu Ihnen käme. Sie leiden, und ich bin gekommen, Ihnen zu sagen, daß Sie nicht alleine leiden.

Diese ungeschickte Rede ließ in der Familie sofort einen Verdacht aufkeimen. Der Eindringling war nur eine Art Betrüger. Da er auf Geld aus war, glaubte er, daß er es leichter bei unglücklichen Familien ergaunern könnte. In familiärer Übereinstimmung wollte die Gruppe unverzüglich beweisen, daß sie darauf nicht hereinfalle und daß schöne Worte keinen Eindruck auf sie machten.

– Verschwinde, wo du herkommst, meinte der Markthelfer böse. Wir haben im Augenblick was anderes zu tun, als Geld an Faulpelze deiner Sorte zu verteilen. Du solltest lieber arbeiten gehen und was verdienen, um dir einen Überzieher zu kaufen.

Da Arnold sich nicht rührte, stand er auf.

– Verziehst du dich jetzt, ja oder nein?

Zum Zeichen der Beschwichtigung hob der junge Mann die Hand. Es gibt sicherlich nichts, was den Leuten aus dem Volke so sehr mißfällt wie jene, die in einer gehobenen Sprache zu ihnen reden, obwohl nicht das geringste Anzeichen von Vermögen ihnen das Recht dazu gibt. Die trauernde Familie sah in Arnold lediglich einen Böses im Schilde führenden Vagabunden, der versuchte, sich als Wohltäter auszugeben, nur um so leichter betteln zu können.

– Worauf wartest du noch? fuhr der Marktgehilfe lauter werdend und mit geballter Faust fort.

Anstatt daß dieser nachdrückliche Befehl die noblen Gefühle Arnolds zum Erkalten gebracht hätte, steigerte sich noch sein Durst nach Großherzigkeit. Es tat ihm gut zu hören, wie er beschimpft wurde. Das verlieh seiner guten Tat noch mehr Größe. Mißhandelt, verachtet, verunglimpft – er würde trotzdem das Gute tun. War dieses Gute nicht von einer Anmut, die dazu taugte, ihm das Wohlwollen, das Mitleid seiner Richter zu erschließen?

– Ich werde nicht gehen, sagte er emphatisch, oder zumindest werde ich nicht eher gehen, als bis Sie eingesehen haben, in welchem Maße ich mit Ihrem Schmerz mitfühle. Vielleicht erweckt meine Kleidung, meine Müdigkeit bei Ihnen den Eindruck, daß ich nur ein armer Vagabund sei, der betteln kommt. Nun, so wißt, daß ich seit drei Tagen weder geschlafen noch gegessen habe und daß ich in meiner Verzweiflung allein durch die Straßen irre, ohne mich um den Regen oder irgendeinen Menschen zu kümmern. Meine Stunde wird kommen, und sie wird um so eher kommen, als ihr mir aufmerksam zuhören werdet.

– Willst du Bekloppter wohl von hier verschwinden? schrie eine der Frauen, die in der Nähe der Theke zusammensaßen.

– Ich werde nicht eher gehen, Madame, als bis ich Ihnen das Gute habe angedeihen lassen, für das ich Sie ausersehen habe. Da, nehmen Sie das und danken Sie mir nicht. Es ist nicht der Rede wert. Ich tue das nicht, damit man mir dankbar ist.

Bei diesen Worten ging er auf die Gruppe zu, zog aus seiner Tasche das Bündel mit Hundert-Francs-Scheinen und warf es achtlos auf den Tisch. Eine totale Fassungslosigkeit zeichnete sich auf den Gesichtern ab. Wenn es etwas gab, mit dem keiner gerechnet hatte, dann war es dieser sonderbare Akt.

– Wo hast du dieses Geld her? fragte einer der Männer, wobei er es festhielt, damit Arnold, falls diese indiskrete und verdachtsvolle Frage bei ihm einen Umschwung bewirken sollte, sein Eigentum nicht hätte wieder erlangen können.

– Unwichtig! entgegnete der junge Mann. Ich gebe euch das Geld, und zwar deshalb, weil ihr Kummer habt. Auf daß es ein wenig euren Schmerz lindere!...

Doch niemand dachte daran, unserem Helden zu danken. Sie sahen alle aus, als warteten sie darauf, daß er ihnen einen Rechenschaftsbericht vorlegen würde, und der, der das Geld eingesteckt hatte (wie ein Lehrer, der den Gegenstand eines üblen Scherzes, dessen Urheber noch nicht bekannt ist, konfisziert, da er womöglich zur Identifizierung des Schuldigen beitragen wird), sah Arnold argwöhnisch an, ohne auch nur eine Sekunde in Betracht zu ziehen, ihm das unrühmlich erworbene Geld zurückzugeben.

– Na komm, sagte dieser, gib schon zu, daß du diese paar Scheine gestohlen hast. Das wäre besser.

Diese Aufforderung verschlug dem jungen Mann den Atem. Er hatte diese Banknoten in einer edlen Anwandlung von Großherzigkeit auf den Tisch geworfen, und statt daß alle vor Dankesbezeugungen und Anerkennung überströmten, machten sie sich seine Geste zunutze, ihn auszufragen. Eine tiefe Bitterkeit bemächtigte sich Arnolds. Sollten die edlen Energien seiner Seele also immer in solcher Erbärmlichkeit enden? Welche Fatalität lag eigentlich auf ihm, daß sich alles, was er auch tat, ununterbrochen gegen ihn wandte?

Das Herz übervoll vor Verbitterung, sagte er:

– Nun gut, ich verstehe... Geben Sie mir das Geld zurück... und ich gehe... ich habe mich geirrt... ich war in dem Glauben, daß meine Tat bei Ihnen eine Saite anschlagen würde, aber ich habe mich schwer getäuscht... Ja, da war ich wohl auf dem Holzwege... ich habe nur auf die Stimme meines Herzens gehört... Das ist mein einziger Fehler... Geben Sie mir das Geld zurück, und niemals, ich verspreche es Ihnen, werden Sie wieder von mir hören.

– Was? rief der Mann aus, wir sollen dir dieses Geld wieder zurückgeben, daß du weiß-der-Himmel-wo geklaut hast... Und du schämst dich nicht mal... zunächst wirst du uns sagen, wo du das herhast, ist das klar? Wenn du dich weigerst, na schön, Pech für dich. Wir wollen mit dir nichts zu tun haben. Und was das Geld angeht: unnötig, dir zu sagen, daß wir es aufbewahren.

– Das ist ein bißchen stark, gab Arnold zurück, der sich trotz des Verbrechens, dessen er sich schuldig gemacht hatte, seine Treuherzigkeit bewahrt hatte. Sie weigern sich, mir dieses Geld zurückzugeben?

– Es gehört dir nicht.

– Es gehört mir nicht?

Arnold spürte, wie ihm die Wut in den Kopf stieg. Unter dem Eindruck dieser Unverschämtheit hatte er ganz vergessen, daß er ein Mörder war, daß er vor der Polizei auf der Flucht war, daß der einfache Zweck dieser merkwürdigen Tat der war, sich für die Zukunft ein paar günstige Zeugenaussagen zu sichern. Er war nichts weiter als ein Mensch im Kampfe mit etwas, das er für Ungerechtigkeit hielt.

– Sie werden mir jetzt dieses Geld wiedergeben, schrie er. Verstehen Sie? Wenn nicht, dann schreie ich um Hilfe und rufe die Passanten zusammen.

Der Umstand, im Recht zu sein, hatte ihn ein wenig die Beherrschung verlieren lassen. Es tat ihm gut (denn so sehr war ja andererseits sein Gewissen belastet), die Gelegenheit zu haben, seine Stimme zu erheben. Dabei glaubte er, alle müßten seine Partei ergreifen, und diese Perspektive raubte ihm in der moralischen Zerrüttung, der er ausgesetzt war, jegliche Vorsicht.

– Sie werden wohl verstehen, fuhr er fort, daß ich mir nicht alles gefallen lasse. Das wäre zu einfach. Sie berauben mich und wollen, daß ich den Mund halte... daß ich verschwinde und nichts zurückfordere... Nein und nochmals nein. Sie geben mir jetzt sofort dieses Geld zurück.

– Welches Geld? fragte eine der Frauen, die glaubte, indem sie tat, als hätte sie nichts gesehen, den Interessen desjenigen zu dienen, der es eingesteckt hatte.

– Also, ich bitte Sie, diese Komödie hat nun lange genug gedauert.

– Welche Komödie? erwiderte die Frau im selben Tonfall.

Dieses Mal kannte Arnolds Wut keine Grenzen. Schweiß rann über sein blasses Gesicht. Das Gefühl, daß alle Welt auf seiner Seite sein müßte, versetzte ihn in übergroße Freude und ließ ihn jedes Gespür für das Maß vergessen.

– Na schön, sagte er mit plötzlicher Ruhe, wir werden ja sehen. Ich werde einen Polizeibeamten holen.

Diese Drohung ließ die Anwesenden völlig gleichgültig, zweifellos, weil die Gruppe glaubte, sie würde niemals wahrgemacht. Der Marktgehilfe ergriff hingegen das Wort.

– Das ist das Beste, was du machen kannst. Das wird uns einen Weg ersparen. Ich frage mich sogar, warum du so lange gewartet hast.

Würdevoll ging Arnold weg. Eine Sekunde lang hatte er wohl den Eindruck, daß er ein gewisses Risiko einginge, aber da er sich eines Tages sowieso ergeben müßte, war es vielleicht besser, auf diese Weise den Kontakt mit der Polizei herzustellen. In seiner Naivität stellte er sich vor, daß die Fehler der anderen die seinen geringer machten, und daß, was immer auch an Ärgernissen hinterherkommen könnte, man trotz allem, sobald sein Verbrechen zur Sprache käme, einsehen müßte, daß, wenn er schon ein schlechtes Gewissen haben mußte, die anderen erst recht eines haben mußten.

Während man drinnen gegen ihn schimpfte, notierte er sich vor der Tür in aller Ruhe die Hausnummer und entfernte sich dann, um einen Polizeibeamten zu suchen. Dem erstbesten wandte er sich mit diesen Worten zu:

– Monsieur, ich bin gerade Opfer eines Diebstahls geworden.

– Was wollen Sie damit sagen? fragte der Polizist.

– Sie begreifen wohl nicht? fragte unser Held von oben herab. Ich sage Ihnen, daß ich gerade Opfer eines Diebstahls geworden bin... ja... ich... In meiner Großherzigkeit habe ich alles, was ich besaß, Leuten gegeben, von denen ich annahm, daß sie in der Klemme säßen. Statt mir zu danken, begannen sie, mich zu verhöhnen und mir am Ende indiskrete Fragen zu stellen. Sie taten so, als hätte ich das Geld gestohlen. Daraufhin habe ich sie darum gebeten, mir dieses Geld wiederzugeben. Sie wollten nicht. Sie haben mich beschimpft. Ich bitte Sie, mich dorthin zu begleiten.

– Aber, so der Polizist, Sie hatten ihnen das Geld gegeben.

– Genau, aber sie wollten es nicht annehmen, unter dem Vorwand, es sei gestohlen. Und als ich sie bat, es mir zurückzugeben, da wollten sie nicht.

– Seltsam, Ihre Geschichte, bemerkte der Polizist. Wir schauen uns das mal an.

– Wieso seltsam? Nichts ist einfacher.

– Seltsam, sage ich Ihnen.

– Wieso seltsam, verdammt nochmal?

– Kommen Sie. Wir werden ja sehen.

Die beiden Männer begaben sich zu dem kleinen Café. Unterdessen hatte die Gruppe sich abgesprochen. Zwischen ihnen ging es nur um die Frage, welchen Dienst sie der Gesellschaft erweisen würden, wenn sie diesen Betrag beschlagnahmten. Daher empfanden sie alle beim Anblick des Polizeibeamten jene Freude, die zwei im Streit liegende Parteien bekunden, wenn der Schlichter eintrifft. Im übrigen war es an dem herzlichen Empfang, den sie dem Repräsentanten der Autorität bereiteten, und ihrer Befriedigung darüber, ihn in ihrer Mitte zu sehen, ersichtlich, daß sie bestrebt waren, ihm zu verstehen zu geben, daß es sich sehr wohl um einen Schiedsspruch handelte. Hätten sie so geräuschvoll ihre Befriedigung geäußert, wenn es um etwas anderes gegangen wäre? Arnold allerdings störte diese frohe Stimmung.

– Der ist es, sagte er, auf den Marktgehilfen deutend.

Doch der Polizeibeamte war überhaupt nicht dazu aufgelegt, Partei zu ergreifen. Er griff mit seiner Hand zunächst an sein Koppel, dann an sein Käppi, nestelte schließlich an allem herum, um nicht so sehr ins Private hineingezogen zu werden – einzig zu dem Zweck, ganz von seiner Rolle durchdrungen zu wirken. Er wußte, je länger er die Schwierigkeit, sich eine Meinung bilden zu können, zeigen würde, desto länger würde er sein Prestige behalten. Trotzdem war an Kleinigkeiten abzulesen, daß sein Herz sich der Mehrheit zuneigte.

Auf Arnolds barschen Zuruf antwortete der Marktgehilfe mit einem Achselzucken, welches bedeuten sollte, daß das Problem so einfach nicht sei und daß er da noch ein Wörtchen mitzureden habe. Doch der junge Mann verstand ihn anders. Er war sich darüber im klaren, Opfer einer Gaunerei zu sein, und die Unwahrhaftigkeit seines Gegenübers machte ihn nur noch ungestümer, so daß er die anderen schlimmen Fakten vollkommen aus den Augen verlor. Tatsächlich war es so, daß er trotz seines Klagens und Lamentierens eines gewisse Freude empfand. Ah! Wie sehr er gewünscht hätte, daß diese Unbekannten, statt zu diskutieren, sich auf ihn gestürzt, ihn halb totgeschlagen hätten! Wie gern er das Opfer eines abscheulichen Attentats, noch größerer Gewalttätigkeiten und Ungerechtigkeiten gewesen wäre! Wie klein ihm dann seine eigenen Vergehen erschienen wären! Und wenn man unter Umständen auf sie aufmerksam geworden wäre, hätte man ihnen sicherlich keine große Bedeutung beigemessen, so geringfügig hätte das Böse, was er getan hatte, ausgesehen im Vergleich zu dem, was man ihm gerade angedeihen ließ.

– Sehr geehrter Herr Polizist, fuhr er fort, dieser Mann hat mein Geld genommen und will es mir nicht wiedergeben.

Der Polizeibeamte konnte sich keinen genauen Reim darauf machen, was passiert war. Er hatte den Eindruck, daß Arnold eine zwielichtige Person war, andererseits aber lag es auf der Hand, daß er es weniger mit einem Verrückten als mit dem Opfer irgendeiner Geschichte zu tun hatte. Er bat also die beiden Männer, ihn aufs Amt zu begleiten und ihre Meinungsverschiedenheit vor dem Kommissar persönlich auszutragen, der, wie der Polizeibeamte präzisierte, ›besser geeignet ist als ich, solche Art Angelegenheiten zu entwirren‹. Die Anverwandten und Freunde des Marktgehilfen beschlossen natürlich, diesen zu begleiten. Was Arnold betrifft, und das ist seltsam genug, so war er begeistert von diesem Vorschlag. Er wußte freilich genau, daß sein Steckbrief in ganz Frankreich weitergeleitet worden war, daß man ihn Tag und Nacht suchte, daß er als ein gefährliches Individuum dargestellt wurde. Aber es ist eine Tatsache, daß jene, die am Rande der Gesellschaft glücklos und ohne Zuneigung vor sich hin leben, an dem Tag, an dem die Rollen vertauscht werden, der Lust nicht widerstehen können, es jenen nachzumachen, die sie am meisten gehaßt haben. Auch wenn er nichts davon zeigen wollte, so hatte Arnold doch sehr unter seiner Zurücksetzung, seiner Untätigkeit gelitten. Darum hatte er als Folge der Ungerechtigkeit, von der wir gerade berichtet haben, wieder an Selbstsicherheit gewonnen. Endlich einmal hatte er die Gelegenheit, seine Ansprüche geltend zu machen und die Wertschätzung der braven Bürger zu gewinnen. Es konnte gar nicht ausbleiben, daß ein solches Umschlagen der Situation ihm zu Kopfe stieg. Wohl lag ein Schatten auf seinem Glück: die Erinnerung an sein Verbrechen. Doch er verjagte ihn mit derselben Leichtigkeit, mit der er die Verantwortung für falsche Ideen übernahm. Wir sagten bereits, daß er jung und naiv war. Tatsächlich konnte er nicht glauben, daß ein und derselbe Mensch zugleich Opfer und Henker sein könnte. In seiner neuen Situation als Opfer hatte er das sichere Gefühl, daß niemand es wagen würde, ihm irgend etwas zu unterstellen. Er war der Kläger. Folglich sollte man ihm alle Rücksichten angedeihen lassen, die man jenen schuldet, die von anderen hintergangen oder beraubt worden sind. Und wenn ihm mitunter die Erinnerung an sein Verbrechen in den Sinn kam, dann so wie eine sehr weit entfernte Jugendsünde, die von jemand anderem begangen worden war.

Da sich allerdings niemand rührte, bat der Polizist die beiden Männer erneut, ihm zu folgen. Der Markthelfer hielt dem zunächst entgegen, daß er etwas anderes zu tun hätte, als seine Zeit zu vergeuden. Um sich nicht persönlich bemühen zu müssen, machte er sogar geltend, daß seine Schwester soeben ihren Mann verloren habe und daß man ihren Schmerz respektieren müsse. Da der Polizist weiter insistierte, sah er jetzt so aus wie einer von den Leuten, die man im öffentlichen Interesse zu bestimmten Sonderleistungen verpflichtet. Das heißt, daß er scheinbar damit einverstanden war, einzuschreiten, weil es nun einmal sein mußte, aber daß er letztendlich nicht einsah, warum man sich ausgerechnet an ihn hatte wenden müssen.

Schließlich entschloß sich die ganze Gruppe, dem Polizeibeamten zu folgen. Arnold marschierte in der Schlange, um zu verhindern, daß man ihn plötzlich stehenließ (wir sagten ja schon, daß er jung war). Und als der Polizeibeamte sich umdrehte, um sich zu vergewissern, daß nicht er es war, der sich davonstehlen wollte, gab Arnold, der diesen Blick mißverstand, mit einer Handbewegung zu verstehen, daß alles in Ordnung sei. Und es war das zugleich tragische wie komische Schauspiel dieses jungen Mannes, daß er, obwohl von der Polizei gesucht, darüber wachte, daß keiner sich davonmachen konnte.

Bald fanden sich alle auf dem Kommissariat ein. Arnold hatte sich seine ganze Selbstsicherheit bewahrt. Er lächelte sonderbar. Sein Gesicht war hingegen ernst. Auf ihm entdeckte man die Sturheit derer, die unverfroren alles zurückweisen, was sie in die Enge treiben könnte, um strikt da zu bleiben, wo sie sich im Recht wissen. Während seine Umgebung Zeichen der Mißgelauntheit von sich gab, blieb er ganz ruhig. Wie eine fixe Idee hinderte ihn die Ungerechtigkeit, deren Opfer er geworden war, daran, an irgend etwas anderes zu denken. Er war sich seiner selbst so sicher, daß er mit unerwarteter Ungezwungenheit umherging. Bisweilen blieb er stehen, um eine x-beliebige Anzeige zu lesen, die an der Wand hing. Genausowenig wie der neue Minister, der in Wahrung der Traditionen bestimmten Beamten einen Besuch abstattet, weil sie nach seiner Machtübernahme zu seinen Untergebenen geworden sind, genausowenig dachte Arnold daran, im Warteraum Platz zu nehmen.

Was die trauernde Familie betrifft, so war es amüsant, sie zu beobachten. An diesem Ort, der als Sitz der Macht und der Ordnung galt, war sie in der Überzahl. Daher verspürte sie im selben Moment, als sie dieses Mißverständnisses gewahr wurde, das seltsame Gefühl, trotz dieses Vorteils den schwächsten Part innezuhaben. Es waren dort nur zwei Polizeibeamte, die auf einer Sitzbank vor sich hindösten, und eben diese vier Mitglieder zählende Familie. Das Ungleichgewicht, das sich aus dieser Situation ergab, zeigte sich in ihren Verhaltensweisen. Sie redeten laut, gaben sich wichtig, doch kaum ging eine Tür auf, um einen verschlafenen Polizisten in aufgeknöpfter Jacke erscheinen zu lassen, verstummten sie sogleich.

Erst nach einer halben Stunde des Wartens wurden der Marktgehilfe und Arnold in das Büro des Kommissars geführt.

Dieser war ein Mann um die Fünfzig, der allerdings bemüht war, jünger auszusehen. Es war ersichtlich, daß seine prinzipielle Sorge darin bestand, den Eindruck einer außergewöhnlichen Berufsausübung zu vermitteln. Die

Polizeibeamten hegten für ihn eine Achtung, die anders war als die, die man üblicherweise bei Beamten beobachten kann. Einer von ihnen brachte ihm ein Kissen. Ein anderer leerte seinen Aschenbecher. Wieder ein anderer stellte ein Silberglas auf den Schreibtisch und eine Karaffe mit Wasser, dann öffnete er, bevor er sich zurückzog, einen Spaltbreit das Fenster, und dies auf eine Art, wie sie mit Sicherheit vom Kommissar vor langer Zeit und ein für allemal festgesetzt worden war.

Nachdem sich der Kommissar genußvoll eine Zigarette angesteckt und eingehend deren Marke studiert hatte, öffnete er nach einem gierigen ersten Zug den Mund und wartete einige Sekunden darauf, daß der Rauch von selbst entweichen würde. Dann betrachtete er die beiden Männer mit der Gründlichkeit jener höheren Wesen, welche es nicht nötig haben, jemanden sprechen zu hören, um sich eine Meinung zu bilden. Dieser Prüfung wohnte freilich kein Zeuge bei, der fähig gewesen wäre, eine solche Intelligenz würdigen zu können.

– Um was geht es? fragte er sanft.

Der Marktgehilfe, ein recht einfacher Geist, glaubte, daß man unter solchen Umständen stets als erster reden müsse. Bevor Arnold auch nur die Zeit gehabt hätte, den Mund aufzutun, erzählte er detailliert die Szene aus dem kleinen Café und insistierte auf dem Umstand, daß jeder anständige Bürger so wie er gehandelt hätte, da doch das Geld, das der junge Mann so generös auf den Tisch geworfen hatte, gestohlenes Geld gewesen sei. Der Kommissar machte ihn darauf aufmerksam, daß ein solcher Verdacht kein ausreichender Grund sei, das Geld in Beschlag zu nehmen und daß er besser daran getan hätte, daraufhin einen Polizeibeamten zu rufen.

– Das war auch meine feste Absicht, antwortete der Markthelfer.

– Dennoch: Dadurch, daß Sie die Situation dermaßen in die Länge gezogen haben, erweckt es den Anschein, als ob Sie sich diese Summe hätten aneignen wollen.

Der Marktgehilfe schwor, daß eine solche Absicht ihm niemals in den Sinn gekommen wäre. Bis zu diesem Zeitpunkt hatte Arnold kein Wort gesagt. Er hatte gespürt, daß der Kommissar eine gewisse Sympathie für ihn hegte, und glaubte, es sei geschickt und er würde sich noch mehr davon verdienen, wenn er sich ganz dem Gerechtigkeitssinn des Kommissars überließe.

– Würden Sie mir bitte das Geld geben, sagte der Kommissar. Nach einem gewissen Zögern gehorchte der Marktgehilfe unter leisen Unmutsbezeugungen. Sobald er im Besitz der Scheine war, fuhr der Kommissar im selben Tonfall fort, diesmal sich Arnold zuwendend:

– Es ist selbstverständlich, daß ich Ihnen Ihr Vermögen zurückgebe; trotzdem werden Sie verstehen, daß es ebenso selbstverständlich ist, daß ich Sie nach der Herkunft dieses Geldes frage.

Arnold wurde nicht im geringsten unsicher.

– Meine Mutter hat es mir erst heute abend gegeben, antwortete er.

– Ah! Gut... Das ist alles, was ich wissen wollte. Und wo wohnt Ihre Mutter?

Unser Held gab die Adresse an. Der Kommissar notierte sie auf einer Ecke seines Löschblatts, wie nebenbei. Dann stand er auf.

– Sie können gehen, meine Herren.

Die beiden Männer gehorchten. Der Marktgehilfe befand sich in einem Zustand unbeschreiblicher Wut, doch verheimlichte er dies seinen Verwandten, die er in dem Glauben lassen wollte, daß er am längeren Hebel gesessen hatte. Arnold machte sich gerade würdevoll auf zu gehen, als ein Polizist ihn rief:

– Der Chef würde gerne noch ein paar Worte mit Ihnen wechseln.

Mit der immer noch gleichen Gelassenheit kehrte der junge Mann um. Dieses Mal hatte der Kommissar seinen Schreibtisch verlassen. Er ging auf und ab und hatte dabei die besorgte Miene eines Menschen, der eine unangenehme Frage zu stellen hat.

– Setzen Sie sich, junger Mann, sagte er unverzüglich. Ich würde Sie gern näher kennenlernen. Sie haben doch wohl Zeit, hoffe ich.

– Aber sicher.

– Ich habe mich nach Ihrem Weggehen gefragt, welches Motiv Sie wohl hatten, dieses Geld Leuten zu geben, die nicht demselben Milieu zu entstammen scheinen wie Sie und die Sie nicht im geringsten kennen, um so mehr – und entschuldigen Sie, wenn ich mir diese Beobachtung gestatte – da Sie nicht aussehen, als hätten Sie eine Glückssträhne, die Ihnen solche Launen erlauben könnte.

Arnold konnte seine Verlegenheit nicht verheimlichen.

– Ich habe nicht ganz verstanden, was Sie sagen wollen, sagte er.

Der Kommissar wiederholte seine Worte, erläuterte sie. Dieses Mal konnte Arnold nicht denselben Vorwand anbringen, um nicht antworten zu müssen.

– Ich wollte in meinem Leben etwas Schönes tun, sagte er. Selbstverständlich ist mir vollkommen klar, daß das seltsam aussehen mag, und ich gebe gerne zu, daß man Zweifel haben kann hinsichtlich des Wahrheitsgehalts meiner Erklärung. Wie kann man verlangen, daß ein Fremder eine Tat versteht, die man selbst als einziger auf der Welt verstehen kann? Wir beurteilen unsere Mitmenschen nach uns selbst. Wie soll man also verlangen, daß der mich verstehen könnte, dem die Idee niemals gekommen ist, das zu tun, was ich getan habe. Würde man mir sagen, Herr Kommissar, daß Sie jeden Morgen einen Löffel Sand hinunterschlucken, so wäre ich ebenso überrascht, wie Sie es wahrscheinlich jetzt auch sind. Dennoch wäre es denkbar. Wer weiß denn schon, welche Überlegung Sie auf den Gedanken gebracht haben könnte, in dem Sand sei eine magische und heilende Kraft.

– Sie halten mich sicher für einfältig, junger Mann. Ich habe nicht eine Sekunde lang daran gedacht, daß die Gründe, die Sie mir hinsichtlich Ihrer großherzigen Tat geliefert haben, unwahrscheinlich sein könnten, so seltsam sie auch klingen mögen. Ich wollte nur ganz einfach wissen, was für welche es waren, denn Sie werden mit mir übereinstimmen, daß es da andere hätte geben können. Ich nehme also mit Ihnen an, daß Sie aus dem Bedürfnis heraus gehandelt haben, eine gute Tat zu vollbringen. Ich muß schon sagen, daß ich Ihren Wunsch bewundere. Dennoch erlaube ich mir nochmals, Sie zu behelligen, und nehme mir die Freiheit, Sie darauf aufmerksam zu machen, daß es einen Anlaß für den Grund, den Sie mir gesagt haben, geben muß und daß Sie wahrscheinlich so gehandelt haben, um Ihr Gewissen zu beruhigen. Stimmt's?

Arnold war verzaubert von der Milde, der Intelligenz, dem tiefen Verständnis des Kommissars. Es tat ihm gut, sich endlich in der Gegenwart eines Menschen zu wissen, der sich so wohlwollend für die verborgensten Winkel seines Geistes interessierte. Dennoch antwortete er nicht sogleich. Der Kommissar fuhr fort:

– Es gibt keinen Menschen, der nicht wenigstens einmal in seinem Leben das Bedürfnis gehabt hätte, die Waage des Guten und des Bösen ins Gleichgewicht zu bringen, wenn nicht sogar der Waagschale des Guten mehr Gewicht zu geben. Noch in der schlimmsten Sünde, die wir begehen, leuchtet der Gedanke auf, daß sie gewissermaßen entschuldbar wird durch jene, die uns angetan wurde, denn wir alle glauben, vor Gott gut zu sein. Wenn wir böse sind, wenn wir etwas Schlechtes getan haben, dann nur gegenüber den Menschen. Sie selbst, da bin ich ganz sicher (und das soll kein Vorwurf sein), Sie haben wie ich, wie alle Welt, häßliche Dinge getan. Sie haben schwächere Wesen als Sie selbst zum Leiden gebracht, Sie wollten, und zwar auf Kosten ihrer Mitmenschen, ein angenehmes, glückliches Leben führen, ohne zu bedenken, daß das Böse gerade daher kommt, daß alle diesen selben Gedanken haben. Später, wenn Sie einmal mein Alter erreicht haben, werden Sie verstehen, wie unrecht Sie damit hatten.

Unser Held war durch diese Rede immer stärker gerührt geworden und, merkwürdiger Umstand, diese Worte ›später, wenn Sie einmal mein Alter erreicht haben‹, waren für ihn eine ungeheure Wohltat. Er würde also leben. Der Polizeikommissar höchstpersönlich glaubte nicht, daß es irgendwie anders sein könnte.

– In der Tat, erwiderte der junge Mann, habe ich nicht immer das getan, was ich hätte tun sollen. Und heute bedauere ich es bitter.

– Was haben Sie denn getan? fragte sein Gesprächspartner, wobei er seine Neugier hinter einer zwanglosen Miene zu verheimlichen suchte. Sie können mir alles sagen, wir sprechen als Freunde. Oh! Glauben Sie mir, ich ahne vieles. Ich kann mit Menschen umgehen und mein Erfahrungsschatz ist immerhin so groß, daß ich jene erkennen kann, die das Interesse der anderen verdienen. Wenn ich für Sie keine echte Sympathie hätte, würde ich meine Zeit nicht damit vertun, Sie auszufragen. Doch mir gefällt es, bei einem Kind, und Sie sind noch ein Kind, solche moralischen Qualitäten zu entdecken, wie Sie sie gerade demonstriert haben. Sehen Sie, ich habe einen Sohn, der in Ihrem Alter ist. Dieser Junge hat mir schon viel Kummer bereitet. Und trotzdem liebe ich ihn und vertraue ihm. Daher tut es mir gut, während ich zu Ihnen spreche, daran zu denken, daß die Irrtümer meines Sohnes nicht bei ihm liegen, sondern daß es die der Jugend sind.

Der Kommissar setzte sich hinter seinen Schreibtisch, zündete sich erneut eine Zigarette an, schaute mit traurigen Augen auf den jungen Mann.

Dieser war gerührt. ›Wie komisch das Leben ist‹, dachte er, ›gerade von denen man am wenigsten erwartet, bekommt man am meisten.‹ In seiner Verlorenheit spürte er nun eine große Erleichterung. Der Mensch, den er am meisten gefürchtet hatte, war gerade derjenige, der ihm die ehrlichste Sympathie entgegenbrachte.

– Sie finden, fragte er, daß ich nicht so verachtenswert bin, wie ich dachte...

– Nein, antwortete der Kommissar, Sie sind nur zu bedauern, auf sich selbst angewiesen gewesen zu sein, wo Sie doch nur ein Kind waren.

– Danke... Danke..., stammelte Arnold. Sie sind zu gütig zu mir... Wenn Sie wüßten, wie groß meine Dankbarkeit ist...

– Möchten Sie eine Zigarette?

Arnold willigte ein. Als er sie angezündet hatte, fuhr der Kommissar behutsam fort:

– Junger Mann, sehen Sie mich an. Genau... So, und jetzt sagen Sie mir alles. Ich werde Ihnen zuhören wie Ihr Vater, den Sie nicht mehr haben.

– Aber, woher wissen Sie, daß ich keinen Vater mehr habe? fragte Arnold überrascht.

– Weil ich es erraten habe. Nur die Kinder, die ihren Vater verloren haben, vertrauen sich so ehrlich, so offen einem Menschen an. Kommen Sie, reden Sie, und sagen Sie mir alles. Ich weiß, daß Sie reden müssen, daß Sie Ihr Gewissen erleichtern müssen. Hinterher werden Sie sich frei, glücklich, wie neugeboren fühlen! Oh! Glauben Sie bloß nicht, daß ich Sie aus beruflicher Pflicht heraus zu reden auffordere. Es geschieht aus Freundschaft. Sie sind allein auf der Welt, ganz offensichtlich, und ich, trotz meiner Familie, meiner Freunde, ich bin ebenso allein auf der Welt wie Sie. Wir alle sind Einsame. In einem bestimmten Augenblick allerdings können wir aufhören, einsam zu sein. Wissen Sie, in welchem Augenblick?

– Nein! antwortete Arnold, der gar nicht zuhörte.

– In dem Augenblick, in dem zwei Wesen wie wir, zwei sich ihrer Einsamkeit bewußte Wesen, aufeinandertreffen. Aus ihrer gemeinsamen Verzweiflung erwächst der Trost. Und, sehen Sie, es ist die Hoffnung auf ein solches Treffen, nichts anderes als das, was mich dazu gebracht hat, diesen Beruf auszuüben. Dieser allein, dachte ich, könnte mir etwas Erleichterung verschaffen. Inmitten dieser elenden Schicksale, die Tag für Tag an mir vorüberziehen, würde ich vielleicht eines Tages denjenigen oder diejenige entdekken, der oder die mich verstünde. Oh! Glauben Sie mir junger Mann, welches Verbrechen Sie auch immer begangen haben – ich verzeihe Ihnen. Und wollen Sie wissen, warum? Weil dieses Verbrechen aus Ihnen einen ebenso einsamen Menschen macht, wie ich es bin. All diese anständigen und respektablen Leute, zu denen ich gehe, die entweder meine Verwandten sind oder meine Freunde, leben, als ob das Leben nur dann das ist, was es ist, wenn wir nicht daran denken. Wie skeptisch sie auch immer zu sein vorgeben, sie glauben an die bestehende Ordnung, sie glauben an die Freundschaft. Aber was sind sie bereit zu geben? Nicht mehr, als sie zu nehmen entschlossen sind. Dagegen ist der, der ein Verbrechen begangen hat, allein, weil ihm alle aus dem Wege gehen. Deshalb empfinde ich für ihn ein ähnliches Gefühl wie Zuneigung.

Obwohl er diese Rede nicht völlig verstanden hatte, hatte Arnold sich von der einfühlsamen Stimme des Inspektors einnehmen lassen. Er hatte irgendwie den Eindruck, daß es einer schönen und reinen Seele bedurfte, solche Worte über die Lippen bringen zu können. Es liegt in der Natur junger Leute, daß sie sich alles frei von der Leber wegreden, sobald man ihr Vertrauen gewonnen hat. Wie kann man nach solchen Worten einem Menschen mißtrauen – und wenn es der Polizeikommissar persönlich ist! Trotzdem hielt eine dunkle Macht Arnold noch zurück. Sei's, weil er diese bemerkt hatte und sie durch eine List besiegen wollte, sei's, weil er wirklich das Bedürfnis verspürte, sein Herz auszuschütten, fuhr der Kommissar fort:

– Sie sehen mich vor sich, junger Mann, wie ich eine wichtige öffentliche Funktion bekleide. Ich besitze die Achtung aller, die Liebe meiner Familie, den Respekt meiner Untergebenen, die Wertschätzung meiner Vorgesetzten. Was kann ein Dummkopf mehr erwarten? Nichts, oder? Ich bin also glücklich. Mein Leben spielt sich ab in einer Monotonie, die zwischen der Welt draußen und mir eine unüberwindbare Barriere errichtet. Mir kann nichts Unerquickliches passieren. Sollte meine Frau sterben, würde dieses Unglück mehrere von uns treffen. Sie hat einen Bruder, eine Schwester. Wir würden sie zur Familiengruft geleiten. Dieses Verschwinden wäre aber nur ein Schicksalsschlag. Verstehen Sie mich? Wir anderen, wir Bürger, wir sind doch die wirklich Bescheidenen, die wirklich kleinen Leute. Einsam wie wir sind, sind wir uns der Zerbrechlichkeit des Lebens bewußt. Und wenn sich der Tod eines Wesens bemächtigt, das wir lieben, so fügen wir uns brav, denn was bleibt uns schon übrig? Wir beugen uns, und dann kommt das Vergessen. Dennoch, in gewissen Momenten, da würden wir gern aus unserer elendigen Existenz herausschlüpfen und etwas einschnuppern von der großen Welt. Dann hätten wir gerne weder

Familie noch Funktion, sondern eine Frau, die wir nicht entbehren wollten, eine schöne, junge, intelligente Frau, und dann würden wir singen, wenn uns danach wäre, und denken, wenn uns nach Denken wäre, und arbeiten, wenn wir arbeiten wollten. Glauben Sie, daß das Kind, das vor 47 Jahren von einer Frau geboren wurde, die ihrerseits 24 Jahre zuvor geboren wurde, glauben Sie, daß es das Schicksal dieses Kindes sein sollte, Polizeikommissar zu werden? Und heute wollen seine Frau, seine Vorgesetzten, seine Untergebenen, daß er sich ernst nimmt! Das ist doch zum Totlachen!

Arnold hörte diesen Klagen begeistert zu. Der Tonfall gefiel ihm, dieser bittere, triste und vertrauliche Ton. War es eigentlich so selbstverständlich, daß einem Kriminellen so viel Freude bereitet wurde? Ein Polizeichef legte ihm hier die Beichte ab. Um nichts in der Welt hätte unser junger Mann seinen Gesprächspartner unterbrochen. Er nahm Anteil am Leid dieses Mannes, oder besser, an dem, was er für Leid hielt. Mit vollem Ernst erfüllte er die unerwartete Rolle einer Vertrauensperson. Er war stolz darauf. Doch da er sich nicht fähig fühlte, die Worte zu finden, die der Kommissar sicherlich von ihm erwartete, begnügte er sich damit, zum Zeichen der Zustimmung mit dem Kopf zu nicken. War sich Monsieur Bugeaud – so war der Name des Polizeikommissars vom 1. Arrondissement – über dieses Unverständnis im klaren? Man kann davon ausgehen, denn von Zeit zu Zeit unterbrach er sich, um Arnold zu fragen, ob er ihm folgen könne, worauf dieser, ganz in Hochstimmung, mit immer demselben Kopfnicken antwortete. Der Kommissar schien sich daraufhin mit dieser Zustimmung zufrieden zu geben, doch ein Beobachter der Szene hätte an der Schnelligkeit, mit der dieses einfache Zeichen ihn zufriedenstellte, erkannt, daß er sich nichts weismachen ließ.

– Sie verstehen jetzt, was an meiner Situation so tragisch ist.

Arnold erkannte nicht, worin diese Situation tragisch sein sollte, doch war es mit so viel Überzeugung betont worden, daß er nicht daran zweifelte. Im übrigen befand er sich in einem derartig geschwächten Zustand, daß der Kommissar ihm im selben Tonfall die allerglücklichsten Dinge hätte mitteilen können, ohne daß er auch nur im Traum daran gedacht hätte, in eine heitere Stimmung zu verfallen.

– Im Grunde, fuhr der Kommissar fort, weiß ich eigentlich nicht, warum ich Ihnen von mir erzähle. Sicherlich interessiert Sie das gar nicht. Wenn man so alt ist wie Sie, dann interessiert man sich höchstens für sich selbst. Und Sie, Sie muß doch auch einiges bedrücken?

– Ja, mich bedrückt einiges, antwortete unser Held, ohne das Vergnügen zu kaschieren, welches ihm diese Frage bereitete.

– Und was ist es? fragte M. Bugeaud eher gleichgültig.

– Es fällt mir schwer, darüber zu reden.

– Wieso denn?

– Sie würden es nicht verstehen.

– Wie können Sie das behaupten, mein junger Freund. Die Jugend ist doch Ihre Entschuldigung.

– Nein, Sie würden es nicht verstehen.

– Sie denken vielleicht, daß ich kein Herz habe... Ah! Wie wenig Sie mich kennen... Ich habe sehr gelitten. Es gibt Komplikationen, von denen Sie nichts ahnen und die im Herzen der Menschen, die nach Frieden dürsten, Verwirrung stiften. Einem solchen Menschen können Sie sich wie einem Vater anvertrauen. Sie können ihm alles sagen und Ihr Gewissen erleichtern. Er wird Sie verstehen.

Diese Redeweise berührte Arnold. Ach! Wie sehr er gewünscht hätte, nur belanglose Kleinigkeiten begangen zu haben, um sich frei an der Brust dieses guten und großherzigen Mannes ausweinen zu können. Indes, unter der Last des begangenen Verbrechens blieb ihm nichts anderes übrig als den Mund zu halten. Davon abgesehen: Trotz des guten Eindrucks, den der Kommissar auf ihn machte, hielt ein Rest an Vorsicht ihn zurück. Er wußte vom Hörensagen, daß Polizisten tausend Mittel anwendeten, um anderen Geständnisse zu entlocken, und unter diesen sollte das Einfühlungsvermögen eines der bewährtesten sein. Bis zu welchem Punkt war M. Bugeaud aufrichtig? Arnold beäugte ihn, doch trotz seiner Zweifel wuchs sein Vertrauen.

– Anscheinend haben Sie Angst vor mir, fuhr der Kommissar fort. Anscheinend glauben Sie, ich sei ein Sklave meines Berufs. Wie Sie sich täuschen! Wie schlecht Sie mich kennen! Ich brauchte doch nur eine Spur von Pflichtbewußtsein zu haben, um Ihnen jene Komödie vorzuspielen, die Sie erwarten, um so zu tun, als würde ich in aller Aufrichtigkeit mit Ihnen reden, und das mit dem einzigen Ziel, Ihnen weiß-der-Himmel was für ein Geständnis zu entreißen. Nein, dazu bin ich nicht fähig. Sie befinden sich mitnichten in dem Büro des Kommissars vom 1. Arrondissement, sondern an einem anonymen Ort, im Angesicht eines Menschen, der Sie versteht und der Sie mag, weil er Ihnen ähnlich ist. Ja, ich ähnele Ihnen, und ich brüste mich damit. Und wenn gerade jetzt einer meiner Vorgesetzten in dieses Büro käme – ich würde weiterhin dazu stehen.

– Was wollen Sie damit sagen?

– Ich will sagen, daß Ihr Gewissen, wie sehr es auch belastet sein mag, sicherlich nicht so belastet ist wie meines. Kommen Sie, geben Sie sich einen Ruck, Sie können mir gestehen, was ich bereits ahne.

– Was ahnen Sie?

– Viele Dinge. Und gerade deshalb empfinde ich für Sie eine so tiefe Sympathie. Ich gehöre nicht zu diesen Menschen, die vom Beruf verdorben wurden und die schließlich an alles einen vom Wunsch nach Beförderung getrübten Blick anlegen. Als ich in die Behörde kam, habe ich mich bemüht, derselbe zu bleiben, das zu bewahren, was an Ursprünglichem in mir war. Und wenn ich, so wie heute, durch die Umstände bedingt auf einen Unbekannten treffe, in welchem ich eine schöne und edle Seele entdecke, bin ich an das wenige, das ich auf dieser Welt darstelle, erinnert und ich strebe nur noch danach, mich dieser Seele zu nähern. Sie haben zwar ein Verbrechen begangen, aber...

Der Kommissar hatte keine Zeit, auszureden. Arnold war hochgefahren.

– Was wollen Sie damit sagen? schrie er.

– Nichts... nichts, was Sie verletzen könnte.

Unser Held war blaß. Seine Hände zitterten. Mit einemmal, als ob ein Unglück ihn auf den Boden der Tatsachen zurückgeholt hätte, begriff er, daß er sich in dem Büro eines Polizeikommissars befand. Würde man ihn nicht einsperren? Panische Angst ließ seine Wimpern zukken. Eine Sekunde ging ihm der Gedanke durch den Kopf, sich wie ein Tollwütiger davonzumachen, die letzten Nettigkeiten von M. Bugeaud auszunutzen, um sich aus dem Staube zu machen, bevor dieser sich anders besinnen würde. Doch gleichzeitig war ihm, als irrte er sich, so daß er im Falle eines Fluchtversuchs den Kommissar dazu gezwungen hätte, seine Pflicht zu tun, auch wenn dieser ihm eigentlich wirklich wohlgesonnen wäre. War es nicht besser, noch ein Weilchen zu warten, bevor man die Deckung ganz aufgab? Der junge Mann war in einem Dilemma. Welcher Weg war der richtige? Ohne seine erste Absicht aufzugeben, beobachtete er seinen Gesprächspartner. Wenn sein Heil nur in der Flucht liegen sollte, so wäre diese leichter bewerkstelligt, wenn er die Kraft fände, so zu tun, als ob er nicht einmal daran dächte.

Während all diese Gedanken wild durch Arnolds Kopf gegangen waren, war der Kommissar seinerseits ungerührt geblieben. Er schien in keiner Weise zu denken, daß sein Gesprächspartner fliehen könnte, was letzteren beruhigte. Ähnlich wie der Verbrecher, der, um das Vertrauen der ihn begleitenden Polizisten zu gewinnen, tausendmal seine Ergebung versichert, während er in Wirklichkeit nur auf einen Moment der Unaufmerksamkeit lauert, setzte sich Arnold wieder hin, schlug die Beine übereinander, so daß man ihn erst gar nicht verdächtigen konnte, zu einem Aufsprung bereit zu sein, und tat so, als würde er eine Zigarette in seinen Taschen suchen.

– Aber was haben Sie denn, mein Lieber? fragte M. Bugeaud. Ich dachte jedenfalls, Ihnen verständlich gemacht zu haben, daß ich als Freund zu Ihnen sprach, als Vater sogar. Ich sage Ihnen noch einmal, daß Sie von mir nichts zu befürchten haben. Sie glauben doch wohl nicht, daß ich mir die Mühe machte, Sie von meiner Aufrichtigkeit zu überzeugen, wenn dem nicht wirklich so wäre.

– Wirklich?

– Aber ja doch, wirklich.

Arnold wußte nicht, ob er diesem Mann, der ihm soviel Zuneigung bezeigte, glauben sollte. Er hatte Angst vor ihm, und gleichzeitig brannte er darauf, sich gehen zu lassen, zu beichten, sein Herz auszuschütten. Wie ein Hund, der seinen Herrn nicht kennt, zögerte er, auf die ihm hingehaltene Pelle zuzugehen. War sie echt, diese Zuneigung, oder war sie ein Köder? Würde nicht beim ersten Schritt, den er machte, eine Hand seinen Nacken greifen? Was sollte er machen? Er sah den Polizeikommissar an. Sein Gesicht verriet nichts Falsches. Er war ein distinguierter

Mann, mit Zügen voller Güte und Intelligenz. Aber war die Sympathie, die dieser Mann Arnold gegenüber bezeigte, wirklich so groß, daß er nicht zögern würde, seine Karriere aufs Spiel zu setzen? Diese Karriere, die er sich wahrscheinlich erwählt hatte, um aus Spaß das ganze Elend dieser Welt an sich vorbeiziehen zu sehen. So mußte es wohl sein. Aber warum? Nein, es war nicht möglich. Er würde den Mund halten. Er würde nicht die Dummheit begehen und reden, ein Geständnis ablegen.

Ohne seine Ruhe zu verlieren, wurde M. Bugeaud nun eindringlicher. Er schien erraten zu haben, daß das Geständnis unmittelbar bevorstand. Ihm blieb nur noch ein Überzeugungsakt, um dem jungen Mann das Geständnis zu entreißen.

– Mein Freund, Sie haben ein Verbrechen begangen. Ich weiß es. Doch so wie es für die größten Taten auch einen häßlichen Grund gibt, genauso gibt es für alle Verbrechen auch einen guten. Auf diesem Tisch liegt eine Akte zu Ihrer Person. Sie heißen Arnold Blake, sind 24 Jahre alt. Sie wohnen auf der Rue Blanche 47, nicht wahr? Nein... nein... bleiben Sie sitzen... lassen Sie mich beenden... gleich sind Sie frei... Sie werden mir doch noch ein paar Minuten zugestehen. Ich sagte Ihnen also, daß ich eine Sie betreffende Akte besitze. Schön, hören Sie zu: Diese Akte existiert für mich nicht... sie interessiert mich nicht. Ich schiebe sie mit der Hand beiseite, so, sehen Sie, und ich sehe Ihnen in die Augen, ins Gesicht. Wenden Sie nicht den Kopf ab. Sehen Sie mich an. Sie haben kein Recht, sich zu entziehen... Sehr schön... so ist's gut... Ich sehe, daß Sie ein Gewissen haben, daß Sie des Interesses, das ich Ihnen entgegenbringe, würdig sind. So, und jetzt sagen Sie mir die Wahrheit, bevor Sie von dannen gehen. Das wird Sie erleichtern, und wenn Sie erstmal frei sind, können Sie ein neues Leben anfangen.

– Sie glauben, daß ich ein neues Leben anfangen kann? fragte Arnold, zitternd vor Angst.

– Wie ich Ihnen gerade sagte.

– Oh! Danke, danke, Monsieur Le Commissaire. Wenn Sie wüßten, wie dankbar...

– Sie irren sich, mein Freund. Ich handle nicht so, um mir Ansprüche auf Dankbarkeit einzuholen. Ich gehorche nur meinem Gewissen.

Bei diesen Worten hatte Arnold nun völlig vergessen, daß er sich auf dem Polizeikommissariat befand. Die Freude, die er dabei empfand, endlich einem Menschen begegnet zu sein, der ihn liebte, hinderte ihn daran, diese Szene mit nüchternem Verstand zu betrachten. Er war wie betrunken.

– Ja, es stimmt, sagte er mit heftiger Erregung, ich habe ein scheußliches Verbrechen begangen. Dabei hat dieser Mann mir niemals auch nur ein Haar gekrümmt. Doch in meiner Selbstliebe litt ich unaussprechlich. Weil die Frau dieses Mannes mir Geld gab, demütigte sie mich. Dauernd redete sie von ihm. Er ahnte irgend etwas. Er verweigerte ihr das Geld, welches sie von ihm forderte, um es danach mir geben zu können.

– Jedenfalls hatten Sie sich vor diesem Verbrechen eines Diebstahls schuldig gemacht. Auf wieviel belief sich der gestohlene Betrag?

– Ich weiß nicht, sechs- oder siebenhundert Francs. Aber dieses Geld hab' ich nicht einmal behalten. Kaum war ich wieder auf der Straße, wurde ich mir auf einmal der Erbärmlichkeit meiner Tat bewußt und warf das Geld angeekelt in den Wind.

– Als Sie dem Mann dieser Frau begegnet sind, hatten Sie da schon die Absicht, ihn zu töten? Oder handelten Sie in einem Moment der Verwirrung?

– Warum fragen Sie mich das?

– Aus reiner Neugier! Ich habe den Eindruck, daß Sie dieses Verbrechen geplant haben. Täusche ich mich?

– Ja, Sie täuschen sich. Ich hatte überhaupt nicht die Absicht zu töten. In einer momentanen Wut versetzte ich ihm einen Kinnhaken. Ich hatte nicht einmal eine Waffe bei mir.

– Trotzdem ist dieser Hammer, der am Ort des Verbrechens gefunden wurde, von den Angehörigen des Opfers nicht identifiziert worden. Es ist anzunehmen, daß er Ihnen gehört. In diesem Fall ist es recht merkwürdig, daß Sie dieses Werkzeug zu einem Rendezvous mitnehmen.

Noch während der Kommissar diese Worte aussprach, hatte sich Arnolds Gesicht jäh verändert.

– Was wollen Sie damit sagen? fragte er beunruhigt.

– Ich bin es, der hier die Fragen stellt.

– Oh! Mehr weiß ich nicht, Monsieur Le Commissaire, mehr weiß ich nicht. Ich denke, es ist besser, ich gehe jetzt.

– Sie werden doch wohl noch eine Minute haben.

– Nein, wirklich nicht. Ich würde lieber morgen wiederkommen. Aber was schreiben Sie denn da?

– Sagten Sie nicht gerade, daß Sie gehen wollten?

– Ja, in der Tat. Ich bin furchtbar müde.

– Also gut, diesen Zettel übergeben Sie dem diensthabenden Beamten. Ohne diesen Zettel wird man Sie zwingen, umzukehren. Sie sehen also, daß das nichts Merkwürdiges an sich hat.

– Ah, ja, ich verstehe.

– Hier, nehmen Sie diese Feder.

– Warum?

– Ich habe schon unterzeichnet. Sie müssen es so machen wie ich.

Arnold ging um den Schreibtisch herum und unterschrieb dort, wo der Kommissar hinzeigte.

– Sehr gut.

– Kann ich gehen? fragte unser Held, dessen Selbstsicherheit sich in Nichts aufgelöst hatte.

– Warten Sie eine Sekunde. Man wird Sie zurückbegleiten.

M. Bugeaud drückte auf einen Klingelknopf. Sicherlich aufgrund seiner Übermüdung in dieser schlaflosen Nacht schien er momentan an Arnold völlig desinteressiert zu sein. Dieser wartete ängstlich darauf, gehen zu können. Angesichts des Meinungsumschwungs des Kommissars war er verunsichert. Plötzlich ging eine Tür auf und ein halb verschlafener Beamter kam zum Vorschein. Ohne ein Wort zu sagen, nur mittels eines einfachen Zeichens, befahl M. Bugeaud ihm, Arnold mitzunehmen.

– Na los, kommen Sie, sagte der Polizeibeamte zu dem jungen Mann, der seinen Blick nicht vom Kommissar abwenden konnte.

– Das war eine harte Nuß . . ., murmelte dieser, als hätte er zu sich selbst gesprochen.

– Aber das Papier, flehte Arnold. Sie haben es bei sich behalten . . .

– Das hat keine Bedeutung. Sie brauchen nur dem Beamten zu folgen.

›Wie kann ein Mensch nur so niederträchtig sein! Wie kann man sich nur solch edler Gefühle bedienen, um solch häßliche Ziele zu verfolgen? Gibt uns jede verstreichende Stunde denn einen neuen Grund, auf die Menschen böse zu sein? Eine solche Komödie vorzuspielen – ist das nicht ein genauso großes Verbrechen wie jenes, das ich begangen habe? Ich, ich hatte tausend Entschuldigungen. Aber welche hatte dieser Mann? Man wird ihn beglückwünschen. Vielleicht ist es mit den Kommissariaten so wie mit den Botschaften. Bestimmte Arrondissements sind beliebter als andere. Vom ersten wird er ins 16. kommen.‹

Arnold ging in seiner Zelle auf und ab. In seine Verbitterung mischte sich Zorn. Er hatte getötet, dabei blieb es, aber dennoch mußte man die Bedingungen berücksichtigen, unter denen er diesen Mord begangen hatte. Er hatte diesen Mann in einem Wutanfall getötet. Es war nicht sein Fehler, wenn der Schlag mit der Faust tödlich gewesen war. Wenn es Gerechtigkeit gab, sollte man dann nicht, bevor man ihn verhaftete, die Wahrheit ausfindig machen? Würde man dann nicht dahinterkommen, daß seine Seele weniger abstoßend war als die des M. Bugeaud?

Er drehte inmitten der ihn umschließenden vier Wände seine Runden, und manchmal rief er den Tod herbei wie eine Erlösung. In bestimmten Momenten fing er an, von oben bis unten zu zittern, was ihn zwang, sich zu setzen. Eine neue Ungerechtigkeit sollte also begangen werden. Niemand würde die Einmaligkeit seiner Gefühle anerkennen. Niemand würde glauben, daß er einzig deshalb eine gute Tat tun wollte, weil er bisher noch keine vollbracht hatte. Dennoch, Gott kannte die Wahrheit. Die Menschen hatten sich gegen ihn verschworen. Fürs erste hatten sie ihn eingesperrt. Aber wo würde ihre Boshaftigkeit enden? Wie blau doch der Himmel war, den er durch sein Zellenfenster gewahrte! Und diese Tauben, diese Schwalben, wie glücklich sie sein mußten, so den Raum durchtauchen zu können! ›Und ich, ich bin hier zwischen diesen feuchten Wänden, ohne daß irgend jemand die Größe meines Herzens kennen würde.‹ Diese letzten Worte hatte er beinahe hinausgeschrien.

– Würden Sie bitte den Mund halten, sagte der Wärter, der soeben die Kerkertür geöffnet hatte.

– Und warum sollte ich den Mund halten?

– Kommen Sie, kommen Sie, nicht in diesem Ton. Ich sag Ihnen das in Ihrem Interesse. Wenn's Ihnen Spaß macht, können Sie ja noch lauter schreien. Wenn der Aufseher Sie hört, werden Sie sich mit ihm auseinandersetzen müssen. Aber das kann ich Ihnen versprechen, er wird weniger umgänglich sein als ich.

Arnold war völlig erschöpft. Er hatte nicht geschlafen. Seine Hände brannten vor Hitze. Ungewaschen und unrasiert, wie er war, fühlte er sich abstoßend. Seine abgetragene und vom Regen durchnäßte Kleidung hatte beim Trocknen tausend Falten bekommen. Er hatte seinen Hut irgendwo verloren. Mitunter, wenn er sich erinnerte, auf welche Weise man ihm das Geständnis abgetrotzt hatte, überkam ihn eine ohnmächtige Wut. Ah! Wenn er nur frei gewesen wäre! Als allererstes hätte er sich gerächt! Er hätte kein Pardon gegeben! Wie böse die Menschen waren. Wie konnten sie ein derartiges Spiel mit der Arglosigkeit, der Echtheit, der Anständigkeit treiben? Und warum hatte man ihn daran gehindert, eine gute Tat zu vollbringen? Warum wollte man sich lediglich an die verwerflichste Tat seines Lebens halten, wo es doch so viele andere gab?

– Was wollen Sie von mir? fragte Arnold den Wärter, der, nachdem er zur Seite gerückt war, um den Gefangenen vorbeizulassen, es nicht für geboten gehalten hatte, ihm die geringste Erklärung zukommen zu lassen.

– Der Untersuchungsrichter will Ihnen Fragen stellen.

– Der Richter?...

– Der Untersuchungsrichter, ja. Das überrascht Sie? Na los, beeilen Sie sich. Glauben Sie vielleicht, ich hätte Zeit zu verlieren?

Kurz darauf wurde Arnold ins Zimmer des Untersuchungsrichters geführt. Dieser hatte seinen Schreibtisch verlassen, um das Fenster zu schließen. Diese Einzelheit gefiel unserem Helden. Im Zimmer waren zwei oder drei Untergebene. Um niemanden stören zu müssen, war der Richter höchstpersönlich aufgestanden. Dieser Zug ließ ganz sicher auf einen überragenden Menschen schließen.

Arnold sah ihn noch immer von hinten. Die Schultern waren rund und voll, und der rechte Unterarm, der zum Schreiben gewöhnlich auf einem Tisch lag, war steif, vom Körper abstehend, schien fast der eines Behinderten zu sein.

– Setzen Sie sich, sagte ein Mann, der in einer Ecke an einem kleinen Tisch saß.

Arnold gehorchte, nicht ohne einen bösen Blick zu erwidern. In diesem Augenblick drehte sich der Richter um, und sein Gesicht erschien im vollen Licht. Arnold konnte einen Schrei nicht unterdrücken.

– Schweigen Sie, sagte der Mann, der an dem kleinen Tisch saß, während gleichzeitig ein Wachbeamter unseren Helden mit dem Ellenbogen stieß.

Ohne die Augen auf den Beschuldigten zu richten, nahm der Richter wieder hinter seinem Schreibtisch Platz. Er zog einige Unterlagen zu Rate, richtete sich zur Hälfte wieder auf, um die Schublade eines Aktenschrankes zu schließen, griff dann nach einem Lineal und betrachtete endlich den Angeschuldigten. Dieser stieß erneut einen Schrei aus. Er hatte in jenem, in dessen Händen nun sein Schicksal lag, den Mann wiedererkannt, der in der letzten Nacht zweimal seinen Weg gekreuzt hatte. Der Untersuchungsrichter und dieses armselige Individuum, das versucht hatte, ein kleines Mädchen zu entehren, waren ein und derselbe. Dieser hatte den jungen Mann ebenfalls wiedererkannt. Dennoch bewegte sich nicht ein Muskel in seinem Gesicht.

– Um welche Angelegenheit handelt es sich? fragte er seinen Sekretär mit der allergrößten Ruhe.

– Es geht um die Affäre Pavillan. Dieser Mann ist der Mörder. Sie brauchen nur die Akte zu öffnen, worin Sie das Geständnis finden, das ich beigefügt habe.

– Er hat gestanden?

– Ja, Monsieur Le Juge. War übrigens ziemlich mühsam. Der ganze Dank gebührt M. Bugeaud.

– Wer ist M. Bugeaud?

– M. Bugeaud ist der Polizeikommissar des 1. Arrondissements. Letzte Nacht, als…

Seinen Mitarbeiter unterbrechend, wandte sich der Untersuchungsrichter an Arnold:

– Und welche Motive haben Sie dazu gebracht, M. Pavillan zu töten? Bestimmt waren es Geldschwierigkeiten…

Doch ohne Arnold auch nur die Zeit zu einer Beantwortung zu lassen, schaltete sich der Sekretär ein:

– Ganz genau, Monsieur Le Juge. Ein Betrag von 700 Francs wurde bei dem Beschuldigten gefunden. Er gab vor, das gestohlene Geld in den Wind geworfen zu haben. Als man ihn allerdings nach der Herkunft dieser 700 Francs fragte, konnte er nur unzusammenhängende Erklärungen abgeben. Zu einem anderen Zeitpunkt gab er vor, daß er es von seiner Mutter bekommen hätte. Aber die Untersuchung gelangte zu der Feststellung, daß diese arme Frau es ihm niemals gegeben hatte.

Während der Sekretär sprach, ließ Arnold den Richter nicht aus den Augen. Doch dieser ging seinem Blick aus dem Wege. Wie der Mann, der seine Frau mit seinem besten Freund überrascht hat, erwartete unser Held ohne Erbarmen und voller Geduld den unvermeidlichen Augenblick, in dem der Richter seine Augen heben würde. Und als der Sekretär zu ihm sprach, antwortete er, ohne ihm den Kopf zuzuwenden, so sehr befürchtete er, diesen Augenblick zu verpassen.

– Sie wohnen Rue Blanche 47? fragte der Richter, noch immer in die Akte vertieft.

– Ja, Herr Richter, antwortete Arnold mit lauter Stimme.

– Sie haben ein Geständnis unterschrieben...

– Gewiß.

– Haben Sie dem irgend etwas hinzuzufügen?

– Nein, Herr Richter, sagte Arnold fast schreiend, als wollte er sein Gegenüber herausfordern.

In Wahrheit wünschte er es. Wenn dieser Beamte ein Gewissen hatte, dann sollte er leiden! Arnold hatte Mühe, hinter dieser Grobheit seine Freude zu verbergen. Welch ein Sieg wäre das, wenn er gleich vor aller Welt die Sünden dieses Mannes aufdecken würde! Man war nicht davor zurückgeschreckt, ihm mit infamen Mitteln ein Geständnis zu entlocken. Um so besser. Auf diese Weise hätte er keinerlei Gewissensbisse, diesen Richter zu demaskieren, seine Karriere zu zerschmettern, ihn zu entehren. Es gab also trotz allem eine Gerechtigkeit, die verschieden war von der, die an diesem Ort praktiziert wurde. Und diese Gerechtigkeit war nicht die der Menschen. Arnold würde seine Macht auskosten. Er hatte es nicht eilig, seine Karten auf den Tisch zu legen. Er hatte Zeit. Man konnte ihn belasten, er würde den Mund nicht auftun. Aber gleich, wenn sein Schicksal schon besiegelt schiene, würde er mit vorgetäuschter Schüchternheit darum bitten, eine Erklärung abgeben zu dürfen. Und der Donnerschlag würde loskrachen. Was für eine Revanche!

– Sie haben nichts hinzuzufügen? fuhr der Richter fort.

– Nein, wiederholte Arnold.

– Gut so.

In diesem Moment wagte er zum ersten Mal, die Augen auf den Beschuldigten zu richten. Dieser hatte den Blick erwartet. Würde er sprechen? Er zögerte. Hatte der Richter nicht einen flehenden Blick? Gaben Tränen diesem Blick nicht einen ungewöhnlichen Glanz? Und diese schmalen Hände, die auf der Akte ruhten, waren sie nicht zum Gebet zusammengefaltet? Angesichts dieses stummen Flehens hatte sich ein plötzlicher Lichtschimmer in der Seele des jungen Mannes breitmachen können. Diese gute Tat, die er so vergeblich zu tun suchte, diese gute Tat, die ihn reinwaschen sollte, war sie nicht zum Greifen nah? Unwillkürlich machte er eine Handbewegung, die wohl bedeutete: »Was soll's. Schade drum.« Warum »Schade drum«, das wußte er nicht. Er sah den Richter an. Dieser Mann hatte eine Frau, Kinder, Freunde, eine Stellung. Wie dankbar er dem wohl wäre, der das Geheimnis seines Lebens kennte und sich dessen nicht bedienen würde, die Milde der Geschworenen zu erheischen. Nein, Arnold würde nichts sagen. Er würde in der Tiefe seines Herzens das Geheimnis hüten, dessen Bekanntgabe seinen eigenen Richter in den Abgrund stürzen würde. Welche Tat auf der Welt war besser als eben diese? Von diesem neuen Entschluß berauscht, senkte er die Augen und ließ über sein Gesicht einen Ausdruck der Traurigkeit huschen. ›Keine Bange‹, schien er zu sagen, ›ich werde Sie nicht denunzieren.‹ Der Richter erwiderte nichts. Durch eine solche Seelengröße bis zu Tränen gerührt, betrachtete er mitleidsvoll diesen Menschen, den die Umstände hierher zum Verhör gebracht hatten.

– Danke, hauchte er, damit die der Szene beiwohnenden Personen nichts bemerkten.

– Nicht der Rede wert, Monsieur Le Juge, antwortete der Sekretär, der im Glauben war, dieser Dank richte sich an ihn.

Als er sich in seiner Zelle wiederfand, hätte Arnold um ein Haar angefangen zu singen, so glücklich war er. Er war kein gewöhnlicher Mörder mehr. Er hatte gerade völlig unbestreitbar gezeigt, zu welcher Höhe sich seine Seele erheben konnte. In wenigen Sekunden würden sich zweifellos die Gefängnistüren auftun, und er wäre frei, wie die Tauben, wie die Schwalben... Er würde, ohne sich umzudrehen, ruhigen Schrittes davongehen. Barhäuptig, mit dem Gesicht im Wind, würde er dabei mit den Armen schlenkern.

Wie viele Minuten, wie viele Stunden lebte Arnold in dieser Hochstimmung? Es war noch immer dunkle Nacht, als er sich wieder der Wirklichkeit bewußt wurde. Jäh bemerkte er, daß er eingeschlossen war. Allein das Licht, das vom sternenübersäten Himmel fiel, erleuchtete seine Zelle. ›Wo bin ich?‹ fragte er sich ängstlich. Er wußte weder seit wann, noch warum er eingesperrt war. Sein Schatten ruhte unbeweglich auf der Wand. Er betrachtete ihn mit Bestürzung. Er war krumm wie der eines Alten. ›Aber vielleicht bin ich ja schon alt‹, dachte er. Unbewußt führte er eine Hand an sein Gesicht. Es war von einem dichten Bart bedeckt. ›Ich muß träumen, anders ist es nicht möglich.‹ Er rief. Niemand antwortete. Er rief lauter. Die Stille um ihn herum blieb unverändert. Daraufhin begann er zu schreien.

– Was gibt's? fragte ein Wärter durch die Tür.

– Sagen Sie mir, wo ich bin, sagen Sie mir, was mit mir geschehen wird.

– Aber nichts. Seien Sie tapfer. Das ist alles, was ich Ihnen sagen kann.

Und die Schritte des Wärters entfernten sich. Arnold lauschte ihnen, bis sie nicht mehr zu hören waren. Dann fiel er wie eine dumpfe Masse auf sein Bett. Im Halbschlaf vernahm er auf einmal Stimmengeräusche, die näher kamen. Er spitzte die Ohren. Der Morgen graute. Er schauderte.

– Seien Sie tapfer, sagte ihm ein Wärter, den er nicht hatte eintreten sehen und der sich nah bei ihm aufhielt.

– Warum? fragte Arnold.

– Die Stunde ist gekommen, in der Sie Ihr Verbrechen sühnen.

Arnold setzte sich auf. Fünf oder sechs schwarz gekleidete Männer sprachen mit gedämpfter Stimme auf dem Gang.

– Aber was geht hier eigentlich vor? fragte er noch, von Kopf bis Fuß zitternd.

Plötzlich verstand er alles. Er war zum Tode verurteilt, sollte exekutiert werden. Er wollte fliehen, doch er konnte sich kaum bewegen. Indem man seinen Arm auf den Rücken drehte, machte man ihn auf der Stelle unbeweglich.

– Das ist unverschämt, das ist unverschämt, schrie er, wobei er sich zu sträuben versuchte. Dazu hat man kein Recht. Wo ist der Richter? Er, er weiß alles. Er hat mir versprochen, mich freizulassen. Sonst hätte ich mich nicht so verurteilen lassen. Ich hätte alles aufgedeckt und ans Licht gebracht. Wo ist der Richter?

– Er schläft, antwortete eine Stimme.

– Holen Sie ihn, holen Sie ihn. Er allein kann mich retten.

– Er kann dich nicht retten, weil er es ist, der dich verurteilt hat.

Als er diese Worte vernahm, verlor Arnold fast das Bewußtsein. Sein Kopf fiel ihm auf den Brustkorb. Trotz des Ohrensausens war er sich bewußt, getragen zu werden. Ein eisiger Wind peitschte ihm ins Gesicht, ohne daß dieser es vermocht hätte, ihn wiederzubeleben. Ganz ohne Zweifel wurde er zum Ort der Hinrichtung geführt. Mit letzter Anstrengung wollte er sich verteidigen, doch alles, was er machen konnte, war, seinen hinunterhängenden Armen eine leichte Schwingbewegung zu geben. Er hörte deutlich eine Stimme, die sagte:

– Legt ihn auf den Rücken...

Das kam ihm merkwürdig vor. Er war zwar noch nie bei einer Hinrichtung dabei gewesen, war aber doch der

Meinung, daß das Fallbeil auf den Nacken fällt und nicht auf die Kehle. Er schlug die Augen auf...

Der Wirt vom Hotel in der Rue Blanche beugte sich über ihn. Fenster und Türen waren geöffnet, um einen Luftzug zu erzeugen. Trotzdem hing ein starker Gasgeruch im Zimmer. Nachbarn redeten auf dem Korridor. Ein Arzt mit aufgekrempelten Hemdsärmeln bemühte sich um ihn. Tatsächlich, er lag auf dem Rücken. Er betrachtete die Zimmerdecke, dann das elektrische Licht. Er erinnerte sich jetzt wieder an alles.

– Sie können sagen, daß Sie gerade noch mal Schwein gehabt haben, bemerkte der Hotelwirt.

– Ja, was ist denn in Sie gefahren, in Ihrem Alter? fragte irgend jemand.

Arnold hörte diese Worte nicht. Befreit von diesem scheußlichen Alptraum, gewann er langsam wieder Geschmack am Leben. In der übergroßen Freude, die von ihm Besitz ergriff, bemerkte er nicht, daß zwei Männer mit verschlossenen Gesichtern sich in seinem Zimmer aufhielten.

– Kann er gehen? fragte einer von ihnen den Arzt.

– Nein. Man muß einen Krankenwagen kommen lassen.

– Gut.

Dann, sich dem jungen Mann zuwendend:

– A propos, wo haben Sie sie versteckt, die 700 Francs? Ich habe sie überall gesucht. Sie sind nicht in diesem Zimmer. Geben Sie zu, daß Sie sie einem Komplizen gegeben haben.

Arnold gab keine Antwort.

– Aber wie kamen Sie nur darauf, sich umbringen zu wollen. Man bringt sich doch nicht um, nur weil man einer Frau 700 Francs gestohlen hat.

Dieses Mal begann der junge Mann zu zittern.

– Das ist schlimm, sehr schlimm, nicht wahr?

– Na ja, es ist nicht gerade sehr höflich, aber letztlich kein Grund, sich umzubringen.

Die Polizisten zeigten trotz allem ein gutes Herz. Daß ein junger Mann den Kopf verloren hatte, daß er sogar sterben wollte, weil er 700 Francs gestohlen hatte, das hatte sie berührt. Das unterschied ihn von den Gaunern, mit denen sie tagtäglich zu tun hatten. Und als Arnold zu schluchzen begann, sagte einer von ihnen sanft:

– Sie brauchen sich nicht so aufzuregen, Kleiner.

– Aber er fiel in dem Moment, als ich ihn schlug.

– Von wem reden Sie?

– Von M. Pavillan. Ist er tot?

Die Inspektoren brachen in schallendes Gelächter aus.

– Tot! Ah! Das gerade nicht! Es vergeht keine Minute, wo er nicht anruft, um zu fragen, ob man Sie festgenommen hat. Wir werden wohl zahlreich erscheinen müssen an dem Tag, an dem man euch beide gegenüberstellen wird, ansonsten wird es nicht so wie mit dem Gas sein, denn er, er wird Sie nicht verfehlen.

Arnold konnte sich einen Freudenschrei nicht verkneifen. Er hatte M. Pavillan also nicht getötet! Er war also unschuldig! Gott, wie schön das Leben war! Es ging also nur noch um die Frage nach den 700 Francs. Wie unbedeutend das war! Er versuchte aufzustehen, doch drehte sich ihm der Kopf, und er fiel bewußtlos nach hinten.

– Wessen hat er sich schuldig gemacht? hörte er wie in einem Traum.

Er wollte antworten, aber keiner hörte ihm zu.

– Nichts Weltbewegendes, erklärte einer der Polizisten, ein kleiner junger Mann, der nicht arbeiten will! Wenn Sie wüßten, wie viele es von dieser Sorte gibt! Aber er mußte von irgend etwas leben. Er wurde der Liebhaber einer Kaufmannsfrau am Boulevard de Clichy. Sie gab ihm, was sie von ihrem Haushalt abzweigen konnte. Doch der Ehemann kam dahinter, daß man ihm Tag für Tag kleine Summen stahl. Schließlich ertappte er seine Frau. Sie gestand ihm die Wahrheit. Er hat ihr verziehen, allerdings unter der Bedingung, daß sie ihm sagte, wo sie ihren Liebhaber wiedersehen sollte. Zusammen ging man zu der Verabredung. Sie ahnen, wie es weitergeht. Zwischen den beiden Männern kommt es zum Streit. Die ersten Fäuste fliegen. Ins Gesicht getroffen fällt M. Pavillan um, und der junge Mann läuft kopflos davon. Er stellt sich vor, ein Verbrecher geworden zu sein, und in seiner Verzweiflung beschließt er, sich zu töten.

Arnold hatte jedes Wort des Polizisten gehört. Er hatte sich wieder in der Gewalt.

– Danke, stammelte er. Genauso haben sich die Dinge abgespielt. Freilich hätte ich die 700 Francs aus der Handtasche von Mme Pavillan nicht nehmen dürfen, aber ich wußte nicht mehr, was ich tat. Ich war unglücklich. Ich litt. Ich hatte das Gefühl, daß sie mich nicht mehr liebte, daß sie es war, die alles ihrem Mann erzählt hatte, daß sie ein Mittel suchte, um mich loszuwerden.

– Nun machen Sie sich mal keine Sorgen. Das wird schon alles wieder ins Lot kommen.

Es mag seltsam erscheinen, daß Polizeiinspektoren soviel Nachsicht für einen Dieb haben. Tatsache war, daß sie M. Pavillan nicht gerade in ihr Herz geschlossen hatten. Auf der Kriminalpolizei, wo er Auskünfte geben sollte, die die Nachforschungen erleichtern sollten, hatte er eine unsympathische Art an den Tag gelegt. ›Ich bin französischer Staatsbürger‹, hatte er im Büro eines Hauptkommissars ausgerufen, ›und ich habe ein Recht auf ebensoviel Rücksichtnahme wie jeder andere. Es geht nicht an, daß Sie, nur weil ich nichts weiter als ein kleiner Kaufmann bin, meine Angelegenheiten nicht ernst zu nehmen brauchen. Ich bin soviel wert wie jeder andere. Ah! Wenn es sich um ein »großes Tier« gehandelt hätte, dann hätten Sie diese Angelegenheit nicht zwei kleinen Inspektoren anvertraut! Man sagt uns immer wieder, daß wir in einer Republik leben, daß wir alle gleich sind. Aber das stimmt nicht. Ich sage Ihnen lieber gleich, daß ich mich nicht auf den Arm nehmen lasse. Ich werde jemanden einschalten, der kompetent ist.‹ Und nur unter Mühen hatte der Hauptkommissar dann M. Pavillan beruhigen können.

– Sie glauben wirklich, daß alles wieder ins Lot kommt? fragte Arnold.

– Aber sicher. Man wird sehen, daß Sie kein gewöhnlicher Dieb sind. Außerdem möchte ich Ihnen einen Rat geben.

– Welchen?

– Seien Sie ganz natürlich, offen. Sagen Sie die Wahrheit. Versuchen Sie nicht, die Justiz zu täuschen. Sie haben Fehler begangen . . . nun gut, geben Sie das zu. Die Richter besitzen mehr Herz, als man denkt. Sie begreifen sofort, mit wem sie es zu tun haben. Ah! Selbstverständlich lieben sie es gar nicht, daß man sich über sie lustig macht! Das ist nur verständlich. Wir sind alle gleich, nicht wahr? Wir haben es nicht sehr gerne, wenn der Nachbar uns verschaukelt. In meinem Beruf beispielsweise mag ich es nicht, wenn man mir seine Überlegenheit beweisen will. Ich gehöre jetzt schon 23 Jahre der Polizei an. Sie können sich denken, daß ich Erfahrung habe und daß ich Banditen von einem anständigen Bürger unterscheiden kann. Man dürfte mir nicht so leicht nachsagen können, daß ich mich täusche. Aber Sie, das sieht man, Sie sind kein Bandit. Sie hatten einen Ausfall, das stimmt, aber Sie bedauern es. Stellen Sie sich vor, Bonnot oder Garnier würden sich umbringen, nur weil sie einem eifersüchtigen Ehemann eins in die Fresse gegeben haben.

– Und die 700 Francs? fragte Arnold.

In diesem Moment kam ein Zimmermädchen und benachrichtigte die Polizisten, daß der städtische Krankenwagen unten war und daß der Fahrer und ein Krankenpfleger gleich ins Zimmer kämen.

Arnold fühlte sich besser. Er fand wieder Geschmack am Leben. Die Injektion Kampferöl, die der Doktor ihm vor zehn Minuten gegeben hatte, begann zu wirken. Keine der um ihn herumstehenden Personen war ihm unsympathisch. In seiner Bewußtlosigkeit hatte er also einen furchtbaren Alptraum gehabt. Glücklicherweise war jetzt alles vorbei.

Als er sich auf der Bahre ausgestreckt sah, konnte er ein Lächeln nicht unterdrücken.

– Würden Sie, sagte er zu dem Krankenpfleger hinter ihm, würden Sie mich bitte nicht so durchschütteln. Davon werde ich seekrank.

Die Polizisten, die direkt neben ihm gingen, schauten sich überrascht an.

Bevor sie Arnold in den Krankenwagen hievten, stellten die Krankenpfleger die Bahre einen Moment auf dem Bürgersteig ab.

– Sie wollen mich doch nicht etwa so im Regen stehen lassen, sagte Arnold ziemlich schroff.

Dieses Mal verlor einer der Inspektoren die Geduld. Er hob die Hand. Was geschah dann? Niemand wird es je erfahren, denn im selben Augenblick übergab Arnold seine Seele Gott.

(1927)